決鬥吧！我的美男室友

花鈴——著

Content /目次

決鬥吧！
我的美男室友

楔子　只怕豬一樣的隊友

開學前的一晚，懶散的宋靳羽正開心打著遊戲——

系統：倒數三分鐘。

嗷嗷嗷嗷——電腦螢幕充滿紅、藍、金色光芒，巨大的隕石轟隆隆的砸下，怪物瞬間被多道光滅得死無全屍，噴出一堆寶物。

【公會】叫我神：秒殺，爽！

一群人湧上彩虹橋，直奔橋中央的NPC。

【公會】海綿：狂爆木乃伊好嫩哦，超無聊。

【公會】叫我神：等下樓蘭王有妳受的了，記得先清兩邊的小怪，王放天怒。

【公會】棉花糖：哦哦好的沒問題～

下一秒，畫面一轉，一行人進入第四關，卻不見祭司棉花糖。

【公會】勾魂殺手：寶貝去哪了？

坐在電腦前的宋靳羽愣了一下，趕緊回覆。

【公會】棉花糖：咦，不是結束了嗎>_^？

【公會】叫我神……還有下一關啊小姐=W=

【公會】叫我神：妳知道玩遊戲最怕哪種類型的隊友嗎？

【公會】海綿：不知道耶！會長大人，是什麼呢？

【公會】叫我神：就怕像妳這樣的豬隊友！

【公會】海綿：嗚嗚嗚嗚，會長大人我錯了TAT

【公會】勾魂殺手：寶貝別難過。（啾）

幾分鐘後，公會成員已經將樓蘭王清理完畢，這一次掉了紫箱、體力料理箱，和一張價格不斐的王卡，所有資訊出現在隊伍頻道。

咦咦咦?!宋靳羽趕緊打字。

【公會】棉花糖：嗚嗚，怎麼在我不在的時候掉王卡，會長大人，不要這樣嘛~要分我一份。

【公會】叫我神……妳害我補品噴光光，妳明天找我拿錢，還有等級給我練快點，帶妳很累。

【公會】棉花糖：嗚嗚嗚嗚，謝謝會長大人~我知道了！立馬去開外掛飆等！

楔子
只怕豬一樣的隊友

宋靳羽瞧了瞧鬧鐘，也到了該睡覺的時間。她把角色開到幽靈騎士團的地下二樓下線，然後打開桌面的外掛程式。

搞定！明天起來一定會升很多等！

翌日，宋靳羽起了大早，卻發現完全登不上角色，登入遊戲官方網頁查詢，才知道帳號因為開外掛而被凍結。

ＧＭ太、太、太過份了，她還沒拿到王卡的錢耶！而且已經練到二轉，差一點就能三轉成大主教了！

電話此時響起，宋靳羽幽怨的盯著電腦螢幕，無精打采接起電話。

「喂。」她的聲音有氣無力，「是，我是他的妹妹。」

直到電話那端傳來令人震撼的消息，她倏地從椅子上跳起來，驚慌大喊：「什麼?!哥哥出車禍，在哪裡？好好，我馬上去。」

第一章　女扮男裝入公寓，滿公寓花樣美男

宋靳羽快要把手裡的紙條瞪出一個破洞。

上面寫著新屋住處：×街A巷5弄，消失的5弄去哪了呢，找好久都找不到！

回想幾個小時前，接到醫院的電話後，她立刻趕往醫院探望不幸車禍的雙胞胎哥哥，宋靳臨。一台闖紅燈的機車騎士沒注意斑馬線上的行人，直接撞上正提著早餐回公寓的宋靳臨，導致他的手肘和大腿骨折，必須休養三個月和復健才能康復。

現在哥哥必須在醫院休養身體，沒出意外是不幸中的大幸，但對宋靳羽來說很悲劇。

宋靳臨是帝亞學校擊劍比賽的高手，由於他和理事長打賭贏得年底的擊劍比賽，就可以由理事長替他和妹妹償還這三年來的就學貸款。

荒唐的是，理事長大嘴巴的去跟其他老師打賭宋靳臨會贏得二審選拔。

於是，考慮到年底擊劍比賽是否能如期參加，宋靳臨對她裝可憐哀求，想要她暫時假扮成宋靳臨進入帝亞學校暫時替代三個月，而她就讀的帝亞分校只好請三個月長假。

理事長與宋家過世的父母是認識已久的朋友，就學期間受過理事長不少幫助。她不擔心學校不會通過請假的要求，有理事長撐腰，相信能處理妥善。

想到那頭疼的貸款數字，她不好意思讓哥哥希望破滅，再者，還有一個原因讓她無法拒絕——早在她還沒去醫院時，宋靳臨已經和理事長說明雙胞胎妹妹會去暫代三個月，完全沒有讓她有機會拒絕，分明是先斬後奏啊！

對於劍術，她這方面實力雖然沒有比哥哥好，不過勤勞練習倒可以一爭高下。此外，雙方身高、外貌及聲音出入不大，若沒有觸碰到胸部，基本上不會有人識破。最重要的一點，她多待在分校，總校的人並沒有見過自己。

宋靳羽握緊拳頭，告訴自己：沒關係，三個月很快就過，換兄妹兩人三年來的貸款很值得！

接下來……找路人問吧。

她左右張望，看見路燈下站著一名瘦削高挑的金髮少年。當她走近後發現他的體格十分精碩，襯衫勾勒出有在鍛鍊的胸肌。

「不好意思，請問一下，×街A巷5弄在哪裡？」宋靳羽走上前，詢問正低頭滑手機的少年。

「往右邊直走第二條哦。」少年的音質有著淡淡的溫柔，像春日飄來的微風，很舒服。

宋靳羽正想往金髮少年說的方向走過去時，衣領猛地被人一拉，硬生生止住步伐，一股淡淡的甜糖味道飄來。

「親愛的小臨，你買早餐買去哪了～？打算裝不認識我？」身後傳來金髮少年的嗓音，很顯然的認識宋靳臨。

他他他有事嗎？居然叫她親愛的小臨！這樣稱呼一個男生好嘛，感覺很像同性戀耶！

別緊張，假裝是哥哥，在醫院練習那麼多次，沒問題的！

宋靳羽安慰自己，轉身面對金髮少年。

「咳，不是這樣啦，可能我在恍神，連自己走到哪都忘了。」

帶著黑框無鏡片眼鏡的少年揚眉，碧綠色眼睛閃爍狡猾的笑意，「這樣哦～你回個老家就變得呆呆的，呵呵。」

不知怎的，宋靳羽一陣冷汗滑下，覺得少年的微笑好像有那麼一點毛骨悚然。

該不會是不相信她的話吧，是她多心了嗎？

「不去買嗎？大夥兒都在公寓等早餐了。」

少年索性將購買早餐的任務丟給宋靳羽，這周剛好輪替到她。

話音方落，宋靳羽覺得自個兒的身子朝側一偏，臉頰輕輕撞上了一具鍛鍊結實的胸膛，對方的胳膊有些用力的環住她的脖子。

呃呃呃呃呃?!她驚呆了，不知道該做什麼反應。

「那走吧～」

「誒、咦？你、你也要去嗎？」

「對呀，一起。」少年低首，掌心若有似無地輕捏她的肩頭。

他的力道掌握很足夠，帶著微微的酥麻感，宋靳羽雙肩輕顫，眼珠子飄向他橫在肩上滿是肌肉的胳膊，「可是這樣好走嗎？」

「你不喜歡嗎？那好吧。」驀地，身後的少年鬆開手，宋靳羽還來不及反應，身子凌空飛起，她大驚失色下，意識到自己被抱起來，拎在肩膀上。

宋靳羽心驚膽顫向後一看，只看得見少年的後腦杓。

莫里特應該不會一眼就看穿她是女生，所以這樣捉弄她吧？

「不如我們直接這樣去買早餐吧。我們速戰速決。」

莫里特淺笑，那抹笑不似溫柔，帶著幾分邪氣，長臂緊緊箍住宋靳羽的大腿。

宋靳羽從記憶裡翻出哥哥告訴自己的資訊——公寓裡有位叫莫里特的金髮少年，二十歲年紀，是裡面最年長的，因本國學校不承認國外某所文憑，在高二時轉學過來重讀。

高大的身材莫約一七八，時常戴著黑框無鏡片眼鏡。由於有眼鏡的加持，外表看起來很斯文且溫柔，實際上很腹黑，公寓裡的同學沒有一個沒被他調侃過。

「咦咦咦?!」幹嘛要以拎沙包的方式在大馬路上行走啦！她又不是貨物！

莫里特一定誤會她了，她的方向不是早餐店，而是這三個月的新屋住處耶！

※　※　※

莫里特和宋靳羽一前一後回到位於帝亞學校附近的住處。

半路上，宋靳羽沒有臉面對異樣的眼光，直到早餐店前面，莫里特終於放過她，她便順利掙脫。

冷靜冷靜，她剛剛似乎表現得太女性化了。

根據哥哥的解釋，公寓裡住著四位男性，及一位女性。

這幾人都是帝亞學校的學生，因為高二校舍抽籤沒抽到，只好搬出來租房子，除了莫里特是二十歲外，其他人都是十八歲，和一位十七歲少女。

兩手提著五人份的早餐，宋靳羽好想哭，她本來想另外租房子度過三個月，不是回到哥哥校外的住所啊！

半路上她很想坦白，我是女性，芳齡十七歲，目前是個高三生，是帝亞分校社會科學的學生，住在分校宿舍，不是陽氣特別重的男子公寓。

可是人都回來了，現在突然說要離開很奇怪。最後，考慮到哥哥的擊劍比賽，她忍下來。

「莫里特，謝天謝地，你終於回來了！」

剛推開門，客廳便傳來男性柔柔的嗓音。

宋靳羽抬頭望去，是名棕色短髮的少年，有雙如湖面般清澈的水藍色眼眸，五官細緻柔美，身材比其他人矮了些許。

哥哥手機裡有這名少年的照片，名字是：維特托。

「靳臨也回來了啊，這幾天你不在，公寓超安靜的。」

「哈哈！有事情回老家一趟啦，找阿姨聊聊而已。」宋靳羽綻開爽朗的微笑，態度落落大方。

「里特哥，我們都以為你半路看到妹子，跑去把妹了。辛苦你們囉！」二層樓的公寓內唯一的少女出聲喊道。

宋靳羽靜靜打量從樓梯奔下來的亞麻綠髮色的少女，那雙黑色的鳳眼彷彿會勾人似的，一身學園制服襯托出青春活潑的美感。

這就是哥哥說的紀多靜，與維特托是青梅竹馬。

「來吧，大家快點吃早餐，準備去學校囉！」

紀多靜一一替室友們拿出早餐，分配在客廳桌上各個位置。

一回神，宋靳羽就發現莫里特興味盎然盯著自己，就像盯著一隻獵物。

冷不防感到一股惡寒，她故作鎮定地走向沙發，內心翻滾的思緒與淡定的表面有著天壤之別。

沒道理發現她是女生啊……

總之先吃飽喝足再來應付這些室友們。

莫里特緊隨在後，一入坐便拆開袋子準備要吃了，卻被突然殺出來的程咬金喝止。

「不行啊！用餐前要洗手和殺菌，手指頭很多細菌，會容易生病，女性的話恐怕也會……」

第一章
女扮男裝入公寓，滿公寓花樣美男

「我起床已經洗過了！」紀多靜拿起一塊總匯三明治大口咬下去，完全不理會維特托。

「啊啊啊！阿靜，妳這樣不行，來來，我拿消毒酒精給妳用。」

維特托緊張的拿起酒精瓶在紀多靜的手上擠了幾下，拿出乾淨的手帕擦拭。

本想跟著拿一塊三明治來吃的莫里特停下來，自動自發去洗手。連人在家的紀多靜都會被勒令洗手，更別說他這位從外面回來的人。

「特托哥，好了沒？快點快點，我很餓！」

紀多靜不耐煩的想抽回手，卻被維特托緊緊抓牢，只差沒十指緊扣。

宋靳羽默默在內心記下有潔癖傾向的維特托，哥哥說維特托的潔癖很嚴重，公寓內的陳設地板等都是由維特托打掃，一開始想說哥哥誇大其辭，誰知今日一看不同凡響。

「指甲是細菌最多的地方，要清乾淨！」

紀多靜皺著眉，隨意讓維特托抓著自己的手清潔，整個人不知道神遊到哪了。

宋靳羽就怕自己也被逮住清潔一番，決定自動自發去洗手，順便整理一下情緒，等會兒好扮演哥哥。

公寓二層樓分別都各有一間浴室，一樓因為莫里特占據，宋靳羽只好自己上樓找廁所。

第一次踏入這棟二層樓的公寓，廁所並不難找，因為空間沒有很大，很快的就找到廁所了。

剛踏進去穿了一只拖鞋，沒想到因為浴室的濕滑讓她整個人向後傾倒。

「呀啊啊啊！」

她以為自己會摔個狗吃屎，背脊意外的撞上一具溫暖健碩的胸膛，一條胳膊橫在她的腰間，掌心的溫度透過薄薄的衣物貼在她的腹部，適時的阻止下滑的身軀。

「宋靳臨，你踩到我的腳了，閃邊去。」

身後那冷漠低沉的嗓音傳進耳裡，不知怎的，她覺得很性感很好聽，和莫里特的溫柔完全不同，很有磁性。

他的掌心微微動了動，一抹困惑倏忽急逝的閃過棕色眼睛，還沒想清楚，身前的人已經起身。

「啊，對不起！」

宋靳羽轉身道歉，雙目直勾勾盯著黑髮少年——陸祈曄。原本以為會在一樓碰面，沒想到這麼快就見面了。

早在哥哥的手機照片裡，她對陸祈曄的印象很深刻。

因為照片中的他眼神很驕傲和清冷，五官深邃，左耳戴著一枚深紅色寶石耳環，一頭凌亂的黑髮突顯出一股狂野氣息。

實際上，哥哥說他性格冷漠，狂野壞男孩的形像是假的，目前擔任帝亞學校的學生會長。

有著一八五公分身高的陸祈曄高居臨下的俯看著個子矮小的少年。他抬手，輕輕的揮幾下。

宋靳羽滿臉問號的看著他，現在是叫她閃邊去？

雙腳剛挪了小步，她旋即想起這個時候的宋靳臨面對陸祈曄的反應應該是——

「嘿嘿，小曄曄一早起床臉好臭哦，笑一個嘛～」

聽哥哥說，他常這樣叫陸祈曄，陸祈曄不會生氣，而是習慣性皺起眉頭。

果然如她所料，陸祈曄聽了眉頭一皺，「你又皮癢了？我要上廁所，讓開。」說著他輕手推了她一下。

豈料，用著尋常力道的他很意外宋靳羽竟然往旁邊一歪，他忙拉住她。

宋靳羽也沒想到自己那麼沒用，竟然被人一推就倒了，又不是不倒翁。

慘了慘了，這樣陸祈曄會不會看得出來啊？

「唉唷，小曄曄真是的，我擋著你就說嘛，我差點撞牆！先不打擾你啦，我去樓上洗手就好。」

宋靳羽用笑容掩飾自己的尷尬，越過他趕緊離開，否則再聊下去搞不好會破功。

「喂。」陸祈曄叫住她，「我們沒虐待你，再少吃飯你就準備打包滾出去。」

宋靳羽愣了愣，陸祈曄的口氣雖兇兇的，但那句話很明顯在關心。

洗完手，回到一樓時，大家已經坐定位正在用餐，陸祈曄坐在獨立單人沙發，翹著修長的腿，頗有王者之姿，其他人分別坐在兩側。

「哇，我好餓哦！」宋靳羽眼睛發亮，拿起一塊三明治。

「唔，對了，每一學期要換房一次，所以新學期開始，我們要重新分房。」

正咬著三明治的宋靳羽愣了一下，咦？哥哥怎沒跟她提到這個？只說現在住單人房。

莫里特慢條斯理地說：「不曉得這次誰會住在同一間呢。我倒希望我自己住一間，否則早上小兄弟不小心性致勃勃也要被小托碎碎念，說我玷汙他的眼睛，看A片更別說了，還會被偷偷刪掉檔案。」

「看A片本來就不應該。」維特托臉紅的低下頭。

「你是不是男人，從沒看你早晨『嗶——』。」莫里特很自然的開黃腔。

「我當然是男生。」紅潮蔓延到耳根子了。

莫里特挑了挑眉，戲謔地打量維特托，「你絲毫沒有渴望過嗎？總會有一些需求，難不成真的是……？」

「才、才沒有，我、我很正常……」維特托的頭愈說愈低，整張臉像煮熟的蝦子。

宋靳羽忍不住問了：「難不成是什麼？」

「呵呵，就是小靜很愛看的那種漫畫題材呀。若真是這樣，跟維特托住在一起得就遭殃囉！」

莫里特輕描淡寫的說，端著熱茶啜了一口。

宋靳羽茫然地看著大家，腦袋裡拚命地翻出哥哥說過的資訊。

啊……紀多靜很愛看耽美漫畫，這麼說維特托疑似是同性戀?!

這點哥哥沒有提到耶，天哪！室友們為什麼都那麼有特色——讓她超怕自己融入不進去啊！

為避免問太多問題而露餡，宋靳羽專心地狼吞虎嚥，早上去醫院探望過哥哥後還沒吃早餐。

「所以，何時開始抽籤？」莫里特已吃飽，伸出舌尖輕輕舔過指腹，行為極其優雅和性感。

紀多靜從身後的小桌子拿起一桶裝著摺好的紙條，「這裡，黑白先贏先抽。」

「希望是單人房。」莫里特捋起袖子一副躍躍欲試。

維特托的臉依然很紅，宋靳羽很難想像，維特托究竟純情到什麼地步，還是因為莫里特故意看A片轉到最大聲，才讓維特托受不了。

她覺得維特托很可愛，現在很少看到如此純情又潔癖的男生了。

公寓一樓有兩間單人房，二樓則有一間雙人房及一間單人房。

公寓內唯一的女性紀多靜不用抽籤，很順利的住在原來的單人房裡，宋靳羽見狀很羨慕，但不能開口說自己也是女生吧。

忍耐忍耐，只要熬過三個月就可以離開了！

宋靳羽握緊拳頭，內心反覆的念著：老天保佑，請保佑我再次抽到單人房，這樣能減少被室友們發現自己的性別！

她沒有發現，陸祈曄正用捉摸不定的眼神打量自己。

除此之外，莫里特也端著熱茶，茶杯杯口一小部分剛好遮住挑起的唇角，似笑非笑，又像看戲的笑弧。

「準備好了？那就開始囉！」紀多靜抱著桶子負責發號施令。

「黑白黑白我勝利！」

宋靳羽使出渾身解數把希望都放在自己的手上。

接下來，一群人陸陸續續抽籤。宋靳羽是第三位，從桶子內摸走一張紙條後屏氣凝神的打開來。

三號……

宋靳羽向左右兩邊瞧了瞧，不知道其他人的是什麼呢，紙條中一定有兩張號碼是單獨的，單獨號碼即是單人房。

「誰是一號？」莫里特那碧綠色眼眸掃過其他人，沒有半個人應聲。他露出滿意的笑容，「很好，我住單人房。」

「我是三號呢。」宋靳羽看向還沒公布號碼的室友。

「維特托也是單人房呀，終於沒人騷擾耳根子叽！」莫里特笑著拍了拍維特托的肩膀。

這下子，宋靳羽知道自己和誰同一間房了，三間單人房都被分走，可想而知只剩下一間雙人房……

……唉。她抬起頭，恰巧對上陸祈曄冷漠的表情，似乎對這結果無所謂。

「哈哈，小曄曄，請多指教。」她硬著頭皮叫出令人難為情的暱稱。

※　※　※

帝亞學校的第一天很快就結束，剛開學的校園十分熱鬧，尤其是踏入高中生活的高一新生，這些小屁孩一到新的環境開始結交朋友，大團體很快形成。

直到高一下學期，這些大團體就會瓦解成小團體，朋友之間的嫌隙會漸漸冒出頭，相反之下，高三生則深陷水深火熱的大考和升學之中。

開學典禮在操場舉行，宋靳羽在毒辣的太陽底下站了一個小時，嚴重頭暈。直到教官說解散，她才搖搖晃晃走向男校區的三年Ａ班普通科教室。

「親愛的小臨，哪兒不舒服呢？」

莫里特長臂一伸，攬住她的肩膀，俊臉含笑的低頭往她那兒湊近，兩人之間幾乎沒有縫隙，近得唇都要吻上了。

「莫里特，你不會覺得你太靠近了嗎？我想我沒有那種……癖好。」

發現周圍的學生都在看，宋靳羽不想哥哥回來後，校園開始流傳「宋靳臨喜歡男人」的八卦。還是說，哥哥的性向本來就有問題？她從來沒聽哥哥有喜歡的女生，或交到女朋友了，所以莫里特才會對她做出這樣的舉動？

「呵呵，就只是勾肩搭背而已，我們也一起睡過不是嗎？」

「……嗯咳！」聞言，宋靳羽瞪大眼睛，被自己的口水嗆到。

隨即意識到反應太激烈，她訕笑道：「沒錯沒錯，很正常……」男生同睡一張床沒什麼，別想歪了！

莫里特抬手拂過她流著汗水的額頭，親暱的動作嚇得宋靳羽抬眸凝視他。

「你身體不舒服嗎？臉色很蒼白呢。」

他的指腹溫柔的劃過她的面頰，掃過缺乏水滋潤的唇瓣，一陣觸電般的電流竄背脊，宋靳羽覺得心跳好像亂了拍。

這時，前方傳來女學生交談的聲音，她的目光不由被引過去。

「妳暑假去哪裡玩啊？」

「出國玩一周。我跟妳說哦，我真的無法吃辣，所以去那邊都沒有辦法品嚐路邊的辣炒年糕啦，超討厭的！」

「好可惜，不過除了辣炒年糕，也可以吃人參雞，很讚哦！」

糟糕！看見分校的同班同學，宋靳羽為了避免麻煩，想繞道溜走，但莫里特還在旁邊，如果行為不自然，怕會引起他的懷疑。

雖然她的同班同學都知道自己還有個雙胞胎哥哥，但能避免就避免見面。

分校主要以職能科為主；總校則以普通科升學班為主，每一學期開學，分校的學生們會集體來總校參加開學典禮。

總校的男女是採分班上課，只有開學、閉幕典禮，以及中午用餐時間，或是重要集會場合，男女之間才會出現在同個場所。

沒想到好死不死碰見了。

莫里特捕捉到宋靳羽詭異的神色，對她的反應無法理解。

也罷，他便幫個忙。手臂用力的勒住宋靳羽的脖子。頓時，她背脊一彎，半個身體靠向莫里特的胸膛，頭髮遮住她驚惶的神色。

咦咦咦，莫里特沒事勒著她不放做什麼?!

他大步流星的走向男子校地範圍內，幾乎是拖著宋靳羽避開女學生。

在他鬆手之際，頭頂飄來他的嗓音：「小臨，我餓了，去幫我買蘇打餅乾。」

宋靳羽額頭青筋直冒。

難道哥哥在這群室友面前都是擔任跑腿的角色嗎？剛吃完早餐一個小時，這小子太誇張了，肚子裡有蛔蟲嗎？

宋靳羽臭著臉去跑腿買蘇打餅乾，一路上，她聽見許多男同學討論F4的八卦。

由於之前在分校校區上課，很少注意總校流傳的八卦，哥哥也很少提到這種無聊的話題。

不知怎的，從男同學耳裡聽見F4挺好笑的，搞得像在拍校園偶像劇！

由冷面的陸祈曄率領的F4成員有多情王子莫里特、純情王子維特托，呆萌王子宋靳臨。

宋靳羽沒想到連哥哥也被列入花美男行列……

呆萌的稱號並非子虛烏有。

想起她對陸祈曄喊的小曄曄，大概知道哥哥裝可愛裝上癮。

身為妹妹的宋靳羽很支持哥哥是個大帥哥，但與室友們相比下，遜色太多了！

這群癡心的男同學們一定不知道莫里特是個笑面虎，內心有點腹黑；維特托有嚴重的潔癖；陸祈曄是個面癱冷傲，當這些特殊的缺點隱藏在俊美的外表內，如同完美的公子哥兒。

買完蘇打餅乾的宋靳羽經過一樓辦公室時，碰巧遇上班導師。

「宋靳臨，理事長找你，三樓理事長室。」

「好，我知道了。」她想了下，決定先去找理事長，就讓莫里特先餓著。

來到三樓，宋靳羽看見正掩上理事長辦公室門的陸祈曄，她朝他揮了揮手。

「陸祈曄！你怎麼在這裡呀？」

豈料，陸祈曄只是雙手插著口袋，冷冷的看了她一眼便越過離開。

「陸祈曄……？」宋靳羽不死心的喊了一次，他依然用背影回覆。

他心情不好嗎？是被理事長罵？

算了，不關她的事情。

宋靳羽轉身推開理事長的大門──

理事長是位滿頭捲髮，長得很像花媽，皮膚乾淨透亮，絲毫沒有皺紋，眼神很銳利，事實上已經年過半百的中年婦女。

聽哥哥爆料說，理事長悄悄的動拉皮手術，把皮都往額頭上拉了，必須留劉海。

理事長手貼著嘴唇比個噓聲，「宋靳羽，門關好。」

宋靳羽把門闔上，就聽理事長說：

「妳會贏得年底的比賽吧？」

「我劍術真的沒比哥哥好，但盡我所能，不過希望哥哥在此之前能夠康復。」宋靳羽走到辦公桌前，和理事長隔著辦公桌談話。

擊劍可分為三種，銳劍、鈍劍、軍刀，哥哥拿手絕活是軍刀，屬於速度最快的活動。就讀社會科學的宋靳羽平常雖然有在練習，可程度無法與哥哥一較高下。

被推派去比賽獲得的成績，嗯……最好的成績是分校前十名。

就怕總校臥虎藏龍啊！想贏都很困難。

「不是盡我所能，是一定要贏！」理事長說著用力的拍了桌子一下。

理事長花媽，早知如此何必到處設賭盤——宋靳羽在內心碎碎念著。

「妳現在住哪？如果有需要幫忙的儘管提。」

「住在我哥和室友租的房子。」

理事長聞言大吃一驚，「妳不是要去外面另外租房子度過三個月嗎？」

說到就鬱悶，宋靳羽把早晨找房子的事情向理事長簡單解釋。

「哦～這樣呀……」

宋靳羽有種不妙的預感，理事長的眼神好像在盤算什麼，一副奸商精打細算的模樣。

「繼續住在公寓吧，而且方便去找我姪子幫妳加強訓練。」

「理事長的姪子是？」

「陸祈曄，和你哥同公寓的室友。」

「啊?!陸祈曄是理事長的姪子？」宋靳羽有點哭笑不得，「那妳讓我哥參加比賽做什麼，怎不當初就叫陸祈曄參加就好呢？」

「那孩子對劍術沒興趣，整天只會悶在房間裡不知道幹啥，因為他本人也在自家遊戲公司賺零用錢，所以常用『沒空』的口氣回我，剛才我就是想請他一同參加擊劍比賽，沒意外被拒絕了。」說著，理事長誇張的摀住臉，「嗚！我無能，請不動沒良心的姪子。」

「……」宋靳羽囧了。

理事長忽然握住她的手，殷切的眼神凝睇著，「拜託，靳羽妹妹，我知道那孩子性格冷，不好相處，但我有無敵法寶，妳哥和他相處得不錯唷。」

「什麼法寶？」

理事長伸出三根手指頭，一一說道：「賣嗲、賣萌、賣嬌！三項法則保證馬到成功！」

「哈啊？」

她終於知道為何男校同學會給哥哥呆萌稱號了，原來都是理事長的錯。

理事長，那妳為何不自己去賣萌？

宋靳羽很想這樣說，但要一個學校大佬對姪子賣萌不太妥當……傳出去都沒威嚴了。

「我知道了。」

最後，她不想答應也沒辦法，腳都踏進帝亞學校了，只好殺進花樣美男公寓，度過危險又刺激的同居生活！

第二章　壁咚其實很浪漫，對象須是她的菜

傍晚，夕陽西下。

宋靳羽拖著滿腦子的三賣政策回到公寓。一路上拚命思考要如何實踐三賣，最後想不出所以然來。

沒良心的理事長要求她繼續住在花美男公寓，努力對陸祈曄執行三賣政策。

她其實挺擔心女兒身分曝光。

公寓裡住著風格迥異的美少年，各個年少輕狂，欲望特別旺盛，看莫里特就知道了，愛捉弄人，又愛手來腳來，完全沒在意對方是否是男生。

這麼說，最安全的是維特托？但男生都一個樣……同處一間房子，誰能保證不發生別的事情？

還是，冷漠的陸祈曄是安全的呢？

推開門，嗡嗡的機器運轉聲劃過思緒，宋靳羽愣了下，看向拿著吸塵器勤奮打掃的維特托，稚嫩的臉上有幾滴工作後的汗水，臉頰透出一抹紅霞，穿著圍兜兜的他看起來很有居家老公的氛圍。

「靳臨，歡迎回來，快點進來。」

吸塵器發出來的運轉聲讓宋靳羽聽不太清楚維特托說什麼，隱約知道他說歡迎回家。

她笑著點點頭，「維特托，需要幫忙嗎？」

「嗯？」

便宜的吸塵器聲音很大，身為學生的他們只能買便宜的來使用。

宋靳羽脫下鞋子放入鞋櫃，轉身在他耳邊大聲說道：「我說——維特托，你需要幫忙嗎？」

「哦，不用啦，這是我負責的工作。」

在公寓內，維特托負責的是二層樓的打掃，加上他本人很潔癖，這項工作給他負責再適合也不過。

宋靳羽看見他的滿頭汗水，不假思索的拿出手帕，幫他擦拭。

「啊啊啊啊，不行，會弄髒你的手帕！」維特托驚慌失措的後退，避開宋靳羽的觸碰，耳根子迅速漲紅。

宋靳羽僵持不下的手有點尷尬。這時，門口傳來紀多靜輕快的嗓音，沾滿褐色泥巴的鞋子踏了進來。

「第一天終於結束啦，好想躺在床上看漫畫！」

維特托臉色發白，「啊啊啊啊，阿靜，妳的鞋子怎麼一堆爛泥巴！我才剛擦拭完啊，這下子又要重來了。」

「特托哥，對不起哦。回家的時候為了閃一輛超速的小客車，不小心踩到一旁的泥巴。」

「沒關係。」維特托並沒有生紀多靜的氣，能再打掃越乾淨，對他來說越高興。

「靳臨哥，再麻煩你煮飯囉。」紀多靜將髒掉的鞋子放在玄關外，「我今天想吃番茄炒蛋，麻煩你了！」

「沒問題。」

哥哥在公寓負責煮飯；紀多靜負責管帳，訂購生活必需品；莫里特則負責搬運重物，若要大掃除，通常由他負責搬家具，看哪邊需要幫忙就幫忙，屬於機動組一員。

最後，陸祈曄身為公寓的房東，兩層樓都是他名下的財產。

紀多靜上樓，客廳一下子安靜下來。宋靳羽本來覺得維特托有點可憐，以為他的表情會很氣惱或哀怨，沒想到眼神彷彿是X光掃描大體關節一般，散發出「我要清掉泥巴」的氣息。

噗，太特別的室友。

維特托擺明不需要幫忙，宋靳羽只好默默回到單人房拿自己的家當，準備搬去位於二樓的雙人房。

手裡抱著層層疊疊的紙箱子，她只有小縫隙能看得見前面的道路。腳尖勾起門邊，準備出去——

「親愛的小臨，你今天去哪了～？」

她猛地頓住步伐，沒看到站在面前的人，就已經知道是誰了，會喊小臨的人只有莫里特。

「嗨，莫里特，你也到家了呀？」

開學典禮當天，上午的課程全是自習課，持續到中午便放學了。

宋靳羽和理事長談完後沒有馬上回公寓，而是在男校區繞呀繞，熟悉環境，順路看看劍術練習場地，接著回到圖書館尋找劍術方面的技巧攻略書。

突然，手上一輕，最上層的紙箱子被人搬起來。

宋靳羽看向替自己拿著家當的莫里特，只見他似笑非笑，眼底有些薄怒。

哇哩……慘了！她倒抽一口氣，終於明白他為何生氣了，和理事長談完話後完全忘記把蘇打餅乾拿給莫里特。

「嗯～想起來了哦？你害我餓了一整天，該如何賠償我？」他的聲音搭配邪惡的笑容，讓她直冒冷汗。

「唉呀，莫里特不要這樣嘛，因為臨時有老師找我，所以我就不小心忘記了嘿嘿。」宋靳羽抱歉的抓抓頭髮。

「不可能跟老師談這麼久。」這分明是騙人。

耳邊一陣風掠過，宋靳羽怔怔地抬頭望著站在面前的莫里特，此時他的手正抵在她身後的牆上，低著頭，碧色眼瞳深情的凝視著自己，夾雜很淡的揶揄。

「呃，你這是……？」

「今天在校園裡找你，意外發現有對男女同學正在偷情呢，這是我從他們身上學來的，你喜歡嗎？」邊說著，他朝她靠近幾分，近得臉上細微的毛細孔能看得一清二楚。

「哈啊？」

「壁咚呀，現在很流行呢，呵呵。」他曖昧的撥弄她頰畔的黑髮，溫熱的呼吸宛如情人的呢喃灑落耳畔。

「所、所以呢？」宋靳羽愣住，害羞的用雙手抵住他的胸前，不經意間流露出女生的那一面。

一陣悸動劃過心坎，莫里特皺起了眉頭。像是想掩飾自己的變化，他微微退開來，抵在牆壁的手也收回，笑說：「你的反應令人想笑，害我差點忍不住欺負你。」

那瞬間，他一度產生錯覺，眼前是位害羞的女孩，可是總覺得哪裡不一樣。

今天早晨抱起她時，竟比平常還要輕，為了確定心裡的預想是否如此，於是他忍不住再捉弄幾次。

結果出乎意料，平常這樣捉弄他，他會一起起鬨鬧著玩，可是現在眼前這位宋靳臨為什麼變得和他記憶中的宋靳臨不同？多了幾分女性嬌羞。

宋靳羽還來不及發火，莫里特已經收回手，興趣缺缺的說：「不好玩，你快去煮飯吧～這些我就幫你搬回新房了。」

「我知道了啦！」

宋靳羽無言好幾秒，嚴重懷疑他性向有問題，沒事對著同性別的男生壓牆壁做什麼？

宋靳羽帶著滿腦子的困惑走進廚房。

※　※　※

稍早前，紀多靜來問她冰箱裡還需不需要補貨，宋靳羽原本只說一些菜色，沒想到紀多靜卻說這樣不夠，大夥兒的食量很大。

紀多靜拿著平板電腦紀錄採購數量，宋靳羽看著她敲打的數字，越來越吃驚。

一個月的伙食開銷居然要一萬元！而生活必需品的費用也上看五千元。主要開銷都來自於維特托的潔癖症，例如可以用兩至三個月的清潔劑一個月就彈盡糧絕。

因此可以發現兩層樓的房間、客廳、餐桌、廚房都是乾乾淨淨，陽光照進來還會反光，家中看不見半隻老鼠、蟑螂、蜘蛛等噁心生物，把公寓營造成像科技工廠，完全沒有一絲灰塵……

開銷很大，公寓的室友們平常都打零工，否則很難維持如此龐大的家計，於是像家族事業規模較大的陸祈曄負責提供居住的公寓，其他人以勞力償還伙食費，所以陸祈曄不負責打掃等工作。

宋靳羽越來越佩服，哥哥從哪認識這些特別的室友啊？

用餐時間依然熱鬧，餐桌坐滿滿的人，考慮到室友們的大食量，她炒了三大盤菠菜、炒飯和炒麵。

幸好她的廚藝不差，和哥哥一樣可以做拿手好菜，味道也差不多，順利瞞天過海。

陸祈曄看見宋靳羽碗裡的少量菜色，眼色一沉，「宋靳臨。」

宋靳羽看了他好一會兒，惦惦的又舀了幾匙炒麵。她沒忘記白天才答應他要多吃一點的。

維特托夾了滿滿的菠菜給紀多靜。

從到到尾，維特托很喜歡夾菠菜盤，引起莫里特的注意。

莫里特打趣的說：「你喜歡吃菠菜哦，小心補血補太多，一聽見隔壁房的呻吟聲流鼻血哦～」

「唔咳。」正在吞嚥菠菜的維特托險些噎住，布滿紅潮的俊臉都快埋入飯碗裡了。

一雙筷子狠狠地打在莫里特的碗邊，紀多靜瞪道：「不要鬧他啦。」

「隔壁房是小靜，哪來的呻吟聲。」宋靳羽忍不住出聲替紀多靜說話。

「小臨，你忘了她房裡什麼東西最多嗎？」

「呃……」經莫里特一提，宋靳羽這才想起紀多靜有個興趣——很喜歡耽美漫畫、影片，包含十八禁。

「好、好像也是呢。」宋靳羽不知不覺便附和莫里特的說詞。

紀多靜擱下筷子，不高興地癟起嘴，「靳臨哥，你要站在我這邊啊，不要被里特哥洗腦。我們要用廣大的胸襟看待耽美戀，俗話說，年齡不是問題、身高不是距離，同性戀更不是禁忌。」

宋靳羽認為這句話說得很正確，身為女生的她，自然尊重每個人不同的性向。

「這不是洗腦，這是事實，我們都被妳私下意淫幻想過。」莫里特低頭喝了口味噌湯。

住在宿舍的宋靳羽從沒見過那麼熱鬧的場面，平常她偶爾會跟宿舍同學一起吃飯，聊天話題內容從沒這麼瘋狂過。

跟他們住不賴嘛，完全不孤單呢。

「小曄曄，你今天怎會從理事長辦公室出來呀？」宋靳羽主動找隔壁的陸祈曄攀談。

一記冷眼遞來，「最好不要再叫我小曄曄。」

她微微放軟聲音，提肘頂了頂他結實的腹部，「唉唷，不要這樣嘛，大家都是好同學！」這是賣嬌吧？

「那你呢？理事長找你做什麼？」

「……呃，其實是這樣的，年底我要參加劍術大賽，聽理事長說，你的劍術不錯，所以我想請你──」話還沒說完，陸祈曄已經打斷了，絲毫不給她機會繼續說下去。

「找別人。我記得你很強的，不是嗎？」

宋靳羽沒想到那麼快吃鱉，強的是哥哥啦！

「我──」

話未說完，再次被打斷。

「吃飽了。」陸祈曄擦擦嘴，起身離開。

喂，未免太目中無人吧。

不行，她得想辦法讓陸祈曄答應，現在暫時不能再騷擾陸祈曄的耳朵，就怕他一個不爽把她逐出去。

晚餐後，宋靳羽原本想洗碗，被維特托推到一邊發呆。

難得第一次看到想主動做家事的人，宋靳羽最後由著他來。

沒事做的宋靳羽想起還沒整理房間，跑上二樓，莫里特已替她搬完家當，放在床邊地板。

陸祈曄此時不在房間。

宋靳羽在房間左右張望，發現角落堆著三個大紙箱，裡面裝滿他個人用品及幾捆海報。

她沒打算碰對方的私有物，於是轉身將自己的箱子踢到角落。

咦，要睡哪呢？

雙人房間的床鋪是上下床，她和陸祈曄還沒分配位置，不過看下床有他的衣物和個人保養用品，她睡上床的機率很高。

「宋靳臨，你在房間內呆頭呆腦的做什麼？」

雖然機率很高，不過還是問一次比較保險。

她轉身，「誒，小曄曄，我是睡——」

看見對方剛洗完澡的模樣，她的聲音漸漸變小，黑瞳怔怔看著只拿條浴巾圍住下身、露出兩條小腿肚的少年。

雖然仍是青少年，還沒轉為成熟的大人，但他有著肌理分明的強健身軀，看起來秀色可餐，哦不，是很養眼。

宋靳羽回過神，慌張的扭過臉，故作鎮定的捶捶肩膀，「小曄曄，我睡哪啊？忙了一整天真累。」

陸祈曄再次聽見「小曄曄」這可愛的稱呼沒動怒，可見對哥哥的縱容度是夠的，讓人放心地喊。

「上面。」

盯著往上床爬的宋靳羽背影，陸祈曄想不通——她在扭捏、驚愕什麼？

宋靳羽能清楚感覺到有道凌厲的視線盯著背部不放，她加快整裡棉被，把從單人房搬來的枕頭擺好。

幾分鐘後，她轉頭，只見陸祈曄蹲在他的家當前，一一把物品拿出來。

一系列的保濕化妝品、畫筆、畫冊、電腦繪圖板、五本厚厚的資料夾、上課用書、繪畫書、月曆等等。

之後，陸祈曄簡單擦拭頭髮，還沒用吹風機吹乾。

不知不覺，宋靳羽的目光又被那寬厚的背部吸引，看著他那頭溼答答的黑髮，一滴一滴水滾落胸膛，滑入隱隱裸露出的人魚線，宋靳羽本能的吞嚥口水。

「口水不擦嗎？」

口水？宋靳羽下意識的抹過嘴角，沒有預期摸到口水。她旋即反應過來，發現被騙了！

眉輕輕挑起，陸祈曄頗具興味的盯著她，輕哼了聲：「宋靳臨，你今天很奇怪，現在又失神盯著我，套句莫里特說過的詞，你、在、意、淫、我。」

「哪有！」誰要意淫啊！她又不是吃飽沒事幹。

「我要睡了！」

人一慌，什麼事都亂了，忘記還沒洗澡，只想著棉被一矇，不要讓他看見自己的窘狀。

「你不洗澡？」陸祈曄嫌棄的睞了她一眼，「宋靳臨，和我同間房有三項條規必須遵守。」

說著起身，引以為傲的身高剛好讓他順利站在她床邊。

宋靳羽掀開棉被，聽著他侃侃而談。

「第一，晚上十一點前熄燈；第二，房內保持乾淨整潔，睡前一定要洗澡；第三，絕對不可以帶妹子進房。」

「我又不是莫里特，帶妹子幹嘛，有病。」宋靳羽小聲嘀咕。

儘管再小聲，陸祈曄仍舊聽見，他就站在她床邊，沒聽見耳朵才有問題。

懶得耗費唇舌嘴回去，「那麼，你現在應該做什麼？」

「洗澡。」

宋靳羽掀開棉被，快速地爬下去，但不知怎的，下樓梯時不小心踩空，整個人面向地板跌去——

「啊啊啊！」

此時，陸祈曄也伸手抱住她，宋靳羽跌進陸祈曄的懷抱裡，衝擊力的作用下，他整個人向後一倒。

宋靳羽害怕疼痛，緊緊抓著他的肩膀，小臉埋在胸膛，聽見他沉穩有力的心跳。

「謝、謝謝。」

宋靳羽這時還不知道自己大難臨頭了，停留在摔下床的恐懼中，兩手依舊放在他胸膛，整個人都坐在他身上。

「宋、靳、臨。」他惱怒的聲音有著些許的壓抑。

「呵呵，沒想到公寓要發展男男戀情了呢～」斜靠門邊的莫里特如痞子般笑道。

「呀啊啊啊，太糟糕了，怎麼可以在房間內幹這種事情?!」維特托慌慌張張的扭開臉，像虔誠的教徒，縮在門邊嘀嘀咕咕。

「哇～這畫面太美妙了，我得拍下來！」紀多靜眼冒愛心，一溜煙跑回房間拿手機。

直到門外傳來室友們調侃的聲音，宋靳羽瞪大眼睛一看，嚇得跳起，慌忙解釋。

「不是這樣的，是我不小心從床上下來時跌倒，陸祈曄是好心幫忙。」

「呵呵，床上呀，這麼激情。」

「嗚嗚嗚，太可怕了，這畫面很像多靜常看的漫畫！」

摀著耳朵不想聽的維特托卻還是將莫里特的談話聽進耳，不知是有心還無心，將宋靳羽的話曲解更歪了。

「閉、嘴！」身為當事人的陸祈曄冷冷地吐出兩字，寒氣十足，讓在場的所有人縫緊嘴巴。

他重新繫好浴巾，還好浴巾只滑下一點，差點曝光。

「呵呵，我突然想到要去一樓拿零嘴，掰啦～」

「對不起，我什麼都沒看到，我不知道你們是這種關係。不過聽我一言，不要進行婚前性行為！」

「……」

房間瞬間安靜下來，宋靳羽胡亂從箱子拿出自己的換洗衣物，匆匆忙忙的奔去浴室，視而不見陸祈曄鐵青的臉色。

陸祈曄不發一語的盯著宋靳羽離開的背影，眼中浮現難以言喻的深思。

真的很奇怪。

回想今天早晨不小心抱住他腰的手感，和剛才胸口接觸到的柔軟，好像有層東西隔著，很奇怪的觸感，有點硬、有點假？

慢著，他在想什麼？竟然想到柔軟的女性胴體?!

陸祈曄清空腦袋詭異畫面，轉身繼續整理自己的家當。

宋靳羽洗完澡才發現最重要的束胸居然沒有帶進來……

現在要如何衝到房間啦，萬一陸祈曄待在房間怎麼辦？

她不想穿流過汗的舊束胸。

二樓是一間雙人房和一間單人房，她、陸祈曄和莫里特。

宋靳羽耳貼著門，聆聽走廊上是否有室友們的聲音，靜悄悄一片，不知道是否睡了。

想了想，她決定冒著危險衝回房間拿束胸，如果陸祈曄在房間的話，就衝回浴室套上，如果陸祈曄不在，就偷偷摸摸躲在棉被裡套上！

心一橫，她握住把手轉開，先探出頭，再慢慢跨出雙腳。

把髒衣服摺疊好，抱在胸口，遮住隆起的胸部。她躡手躡腳朝走廊底端的房間走去。

太好了，沒有人！

就快到房間了，撐下去啊宋靳羽！

她沒有注意到自己待洗的束胸已經掉在地上，眼睛仍盯著近在咫尺的房間。

「靳臨。」就在這時，身後傳來莫里特輕佻的嗓音，嚇得她差點拿不穩手裡的衣物。

「嗨，莫里特，你還沒休息啊？」

宋靳羽鎮定自若的說話，緊握胸前的衣物，儘量不露出絲毫的女性特徵。

「現在還太早囉，晚點要來小托的房間打電動嗎？」

「唔，不了，今天比較累。」

她還是小心一點，他最會整她了，哪招架得住啊！

「呵呵，那好吧，晚安，靳臨，祝你有好夢唷！」

「唔，晚安。」急著想套上束胸的宋靳羽沒有發現這是她和莫里特見面後，第一次喊她的名字。

看著房門掩上，莫里特回到自己的房間，把在走廊撿到的物品放在眼前，神情複雜的看著手裡的束胸。

他從貓眼看去，只見宋靳羽又溜出房間，朝洗衣機的方向走去。

公寓內很多人的衣物都是由維特托隔天早上一併洗，每層樓都有一台洗衣機，對於她偷偷摸摸的舉動，莫里特覺得很好笑。

裝扮男生真辛苦吶。

直到宋靳羽回到房間，莫里特無聲無息的走向洗衣機，把她的束胸扔進去一併清洗。

※　※　※

晚上十二點整，半睡半醒的宋靳羽被窸窣聲吵醒。

她睡眼惺忪的掀開棉被一角，發現床前的書桌開著夜燈，桌上散亂著畫了一半的衣服畫稿，而筆電螢幕亮著，書桌前坐著黑髮少年，此刻他一手握著繪筆，一手則握著滑鼠，雙目盯著螢幕。

——呃？

慢著，她沒看錯吧，這不是「花樣天堂聯盟」線上遊戲嗎？

這小子說晚上十一點前熄燈，結果他自己偷偷玩線上遊戲。

唉，好想玩遊戲啊！哥哥沒有玩線上遊戲的習慣，她在公寓不能玩線上遊戲。

不過就算能玩，被凍結的帳號也不能玩。

只見陸祈曄關掉遊戲，然後打開一個黑屏視窗，因為距離有點遠，看不清楚黑屏的字幕。

突然，放在桌上的手機翁翁振動，陸祈曄迅速接起，絲毫沒有發現她醒來有幾分鐘了。

第二章
壁咚其實很浪漫，對象須是她的菜

「理事長，大半夜的有什麼事情嗎？」避免吵到正在睡覺的宋靳羽，他壓低聲音。

「我還能幹嘛，打工當ＧＭ抓外掛，賺些零用金。」

聞言，宋靳羽瞪大眼睛，整個精神都來了。該不會抓她的外掛就是陸祈曄吧？對了，她有聽過哥哥說過，陸祈曄的親戚在經營遊戲。

「我對劍術沒興趣，如果是要聊擊劍比賽，我要掛電話了。」

「宋靳臨那小子很強，不需要我教。」

聽到自己的名字，她整顆頭冒出棉被，拉長耳朵——只可惜，陸祈曄沒再說下去，直接掛理事長的電話。

陸祈曄煩躁的把手機關機拋回床上。一回頭，就見一顆頭懸在床架外，驚得他心臟一抽。

「嚇，怎麼醒了？」

宋靳羽沒回答他的問題，而是問：「你還好嗎？」將下巴靠在床旁，從剛才和理事長對話的語氣來看，能感受到他對劍術的厭煩。

難得冷漠的陸祈曄也有情緒化的一面。

她該繼續求他指導嘛？不想為難他。

「很好。」

騙人。可是宋靳羽不想拆穿他，轉移話題。

「那些服裝很漂亮。」

「嗯。」

陸祈曄繼續拿起畫筆畫畫。

「對了，你在花樣天堂聯盟當ＧＭ？」沒想到他會畫畫呢。

「你偷聽多少？」陸祈曄沒正面回答也沒否認。

「沒很多囉。」

宋靳羽狡猾一笑，幸好只有書桌那邊特別亮，她這邊很暗，很難看清楚她的表情。

「小曄曄，昨天聽我妹說，她玩這個遊戲被凍結帳號，她好難過，你有沒有辦法處理？」

「事出必有因，我只是基層最不重要的工讀生，只聽從上面的指令。」

「吶～不要這樣嘛，看在我的面子幫我妹一下。」宋靳羽懇求說道。

「ＩＤ？」陸祈曄打開網頁，準備搜尋名稱。

「棉花糖。」

敲打鍵盤的手一頓，他想起覺得耳熟的暱稱了：「哼，那隻帳號開外掛很多次，影響遊戲進行，我警告很多次，屢勸不聽。」

宋靳羽抽了抽嘴角，這下子王卡的錢離她越來越遠了。

闔上筆電，陸祈曄轉頭看向趴在床上的宋靳羽，「你那雙胞胎妹妹還好嗎？上次聽你談起，她的劍術不錯，可以找她一起練。」

哥哥住院，她這位妹妹找誰練啊？宋靳羽好囧。

「對了，你怕你妹孤單，常假日去分校宿舍找妹妹吃飯。之前莫里特說讓你妹住進來，可是你死也不願意，說這裡男生太多，現在有改變主意嗎？這裡還有一間儲藏室，可以打掃後當一間新房。」

宋靳羽愣了愣，這件事情她從未聽哥哥提起過。

第二章
壁咚其實很浪漫，對象須是她的菜

沒想到哥哥和室友們討論到這件事情，還因為公寓男生太多而擔心。

不知怎的，她覺得眼眶熱熱的，鼻子酸酸的，好像有東西流出來。

哥哥……

陷入無止盡深思的宋靳羽沒注意到得不到回應的陸祈曄已經來到床邊，一瞬不瞬盯著她不放。

他從未看過宋靳羽露出這樣哀傷和思念的表情，最近有發生什麼事情嗎？

盯著那有些圓潤且光滑的雙頰，和小挺鼻樑下的嬌嫩雙唇，看起來柔軟而甜美，透出細緻迷人的氛圍。

其實宋靳臨不比公寓其他男生外貌來得差，只是五官太幼齒和稚氣，給女生的感覺有種長不大，沒有男子氣概的感覺，常常做出無厘頭的舉動，笑起來很甜，所以被很多人封為呆萌。

等等，他現在在胡思亂想什麼?!

一定是太累了，所以才會像傻子站在床邊審視宋靳羽的長相，把自己搞得心跳超出預期。

他是男生、男生！

「宋靳臨。」陸祈曄眼色一沉，抓住宋靳羽的衣襟，「我在問你話。」

「嗯——？」

回應他的是很長的尾音，微微顫動的睫毛下那雙黑瞳呆版。

她突然覺得唇瓣乾澀，下意識的伸出舌頭舔一下。

剎那，陸祈曄心跳漏跳了一拍。他別過臉，彆扭的啞著嗓道：「你到底要不要讓你妹住進來？」

「呃，我再考慮一下。」

當她說完，陸祈曄已經冷著一張臉回到書桌前，「小曄曄，你怎麼了？」

「閉嘴，睡你的。」

陸祈曄好像在生氣耶，是因為她剛才在恍神想事情關係嗎？這個時候賣萌撒嬌恰當嗎？道歉吧。

唉，不管了，反正是她的錯，住在這裡三個月的期間要把人際關係搞定，不要讓哥哥回來後為難。

陸祈曄回頭，就見宋靳羽像烏龜般爬下來，沒有發生稍早前摔下床事件。

他沒發現自己悄悄鬆了口氣。

「做什麼？」抬頭望向站在自己面前的宋靳羽，他冷著臉問。

「小曄曄，我錯了，不該恍神沒聽你說話，不要生氣了嘛！」宋靳羽雙手合掌。

「……」軟軟的聲音搭配剛甦醒的聲音讓陸祈曄瞬間呆滯。

宋靳羽抱住他的胳膊，輕輕用臉頰蹭了蹭，當作撒嬌。

不過她總覺得很像寵物求主人疼愛……這樣會不會做得太超過?!

「我沒生氣，放手！」他額頭青筋直跳，她的靠近好像有股淡淡的香味飄過來，是他從未聞過的，不禁心蕩神馳。

「沒生氣為什麼口氣那麼壞？」她嘛著嘴，幽幽地抬眸一看。

他頓時語塞，慌張別過臉，昏黃的燈光朦朧的灑在他略微泛紅的耳根子，可惜宋靳羽沒有發現。

幾秒後，用著不平穩的聲線說：「我天生就是這樣！滾邊去，宋靳臨！我累了。」然後甩開她，腳步虛浮的朝自己的床鋪走去，棉被一矇，索性眼不見為淨。

宋靳羽不是白目，知道見好就收。當陸祈曄起身走向床鋪時，她發現他的聲音不再冷漠沉穩，而是參雜些許的情緒，嗓音聽起來不像生氣，倒像不好意思耶。

她笑著爬回自己的床，心滿意足的陷入夢境。

然而，睡在下面的少年一小時後依然睜著眼。

——很好，原本想睡的睡意全沒了！

第三章　牛郎織女的見面，比男女合宿簡單

翌日，賴床的宋靳羽感覺到覆蓋在身上的棉被突然被人掀起來。

她揉揉眼，腦袋處於迷惘的狀態，視線內有張很帥很帥的俊臉，表情臭得像走在路上不幸踩到糞便。

「宋靳臨，你現在是在做什麼？」

臭臉帥哥的嗓音低沉富有磁性，她很喜歡這樣的聲音，很有男人味。

「唔……？」

「宋、靳、臨，早餐！」他的手捏著她軟軟的臉頰，指腹不經意滑過那張水潤般的小唇，突然就這樣靜止不動。

宋靳羽仍然半夢半醒間，沒注意瞬間僵了臉色的陸祈曄。

「唉唷！」

後頸被人狠狠一掐，宋靳羽終於回過神，睜大眼睛看向放大在眼前的帥哥臉。他靠得很近，長且捲的睫毛下，棕色眼眸映著自己的小臉，薄薄緊抿成一直線的唇型很美，溫溫的呼吸繚繞在周身，令她心跳沒規律的亂跳。

陸、陸陸祈曄！

「呀啊啊啊！」

宋靳羽大叫，猛地坐起身，額頭不偏不倚撞上陸祈曄。

第三章
牛郎織女的見面，比男女合宿簡單

「唔！」

「痛！」

兩人同時吃痛聲，摀著頭後退。

「宋靳臨，你有病嗎？」

「對不起，可是誰叫你要靠我那麼近。」她先道歉後又指責，陸祈曄聽了一股火又冒上來。

他從書桌操起鬧鐘拿到她面前，「看清楚。」

「嘿嘿，是鬧鐘啊，怎麼了？」

聽到這答案，陸祈曄覺得自己很像白癡，居然和一個白癡講話。

「幾點？」

「嗯——七點……等等。」宋靳羽抹抹臉，定眼一看，「七點！天哪，我要買早餐，可是現在去外面買來不及了，小曄曄怎麼辦，大家會不會剁了我？」

陸祈曄冷哼聲，鄙夷她現在才明白事情的嚴重度：「你沒調鬧鐘嗎？」

「有啊，奇怪……為什麼沒響？」她歪著頭拿起放在床邊的鬧鐘細看，「咦咦咦！我不小心調靜音了，嘿嘿，真是不好意思。」

陸祈曄轉身離開房間，再多說下去恐怕會提前腦弱。

宋靳羽迅速換好制服衝下一樓，來到餐桌，發現室友們已經坐定位了。

莫里特見她一來，頭髮凌亂，不由挑唇笑道：「呵呵，曄昨夜讓你太累了嗎？讓你爬不起來。」

宋靳羽沒察覺莫里特話裡的意涵，很順口的回：「唔，哦是啊，昨天小曄曄都不睡覺，好累哦！」電燈都開著，害她睡不著。

「真的哦～？」他笑得更媚了。

陸祈曄冷眼：「……宋靳臨，不說話沒人當你啞巴。」

維特托低著頭，拿著湯匙攪弄牛奶麥片：「嗚嗚嗚，太可怕了，我的告誡一點用都沒有……」

紀多靜雙手托腮，陶醉在幻想那兩人處在同一房，發生的曖昧畫面。

肚子餓的宋靳羽沒注意室友們的表情，拉了張椅子在陸祈曄身邊坐下，「對不起，今天是我睡過頭。請問有人準備早餐嗎？」

「不會看場面嗎？」陸祈曄睨了她一眼。

莫里特微笑樣，「妳覺得呢？」

宋靳羽的頭低得不能再低了，她覺得自己應該先去學校替他們買好早餐，恭候這幾位大爺們駕到。

維特托不忍心看宋靳羽愧疚，自動自發地說：「沒關係，不然我來準備好了，現在快速煎荷包蛋不會遲到。」

「千萬別！」莫里特從椅子上跳起來。

「我先去學校了。」陸祈曄推開椅子，走向玄關。

紀多靜見兩人都已起身，也跟著離開，離開前不忘揪著失落的維特托，「嗯，我也要先去學校買早餐。」

宋靳羽壓根沒發現一夥人聽見維特托要下廚，各個神色恐懼，巴不得立即離開。

她探頭一看，發現陸祈曄喝的是白開水，罪惡感頓時湧上心頭。

她跟著推開椅子，跑向玄關：「小曄曄，一起去學校！等我嘛～」

第三章
牛郎織女的見面，比男女合宿簡單

「他們昨天是多累呀？」莫里特拎起書包。

維特托不自覺想起剛才他們的談話：「阿特不要說了。」

「不要鬧特托哥了啦，他臉皮薄。」紀多靜無奈地看著愛捉弄維特托的莫里特。

「各位，我馬上去學校替你們買好早餐！」宋靳羽出發前向仍在穿鞋的室友們說道，再轉頭，發現陸祈曄已經走遠了，馬上追上去：「小曄曄，等我啦！」

「短腳的，閃邊去，別跟著我。」

不管陸祈曄多麼冷淡、毒舌，宋靳羽還是沒心眼的蹭在他身邊一直到學校才分開。

陸祈曄因為有學生會的事務必須先進社辦忙，宋靳羽則前往合作社替大家買早餐，再至開學後第一堂課——美術。

「靳臨。」

走在走廊上，忽然聽見熟悉的聲音，宋靳羽困惑的舉目四望，發現正前方的女廁裡，理事長正探出一顆頭，用著喊一隻狗過來的手勢揮舞著。

她抽了抽嘴角，心中OS：我說——理事長，可以不要做那麼幼稚的舉動好嗎？

「理事長，有什麼事情嗎？」

宋靳羽因為現在是男生的身分，不好意思進女廁，深怕別人誤會她是變態。

理事長走出女廁，拉著她到殘障廁所說悄悄話：「我交代給妳的方法試過了嗎？」

「呃，應該試過。」宋靳羽覺得很無言，這有差嗎？一男一女待在殘障廁所會被人起疑啦，兩人同時出去更會被人懷疑搞師生戀。

她不想讓哥哥回學校後聽見傳聞：中年貌美的理事長和呆萌王子的宋靳臨發展出跨越年齡的禁

忌師生戀。

「什麼叫應該？妳到底做了什麼？」

她一一數來：「撒嬌、裝可愛、裝傻、裝呆……」裝寵物蹭主人。這項她不想說，好難為情，她怕三個月後會習慣。

宋靳羽靠在門邊，覺得一男一女待在殘障廁所渾身不自在：「理事長，我們不出去講嗎？」

「這裡可以說悄悄話。」

我們光明正大站在走廊上講話也能說悄悄話啊……有學生經過頂多會認為理事長找學生談話罷了。宋靳羽撇撇嘴。

「對付我那冷漠的姪子，這些是最有用的，一定要讓他情緒出現裂痕，那他的反應是什麼？」理事長眼睛發光，似乎很喜歡討論有關姪子的任何事，也有看戲的心態。

「拿我沒辦法。」

她對陸祈曄做出很多白癡的舉動，他沒有發火，只是窘迫的想避開與她的接觸。

「呀哈哈哈哈，太棒了！」理事長笑得花枝亂顫。

宋靳羽這一刻覺得誤入賊坑了，理事長分明是看笑話的心態。

「去上課吧，再接再厲。」

還再接再厲哩，囧，很像婆婆要媳婦不氣餒的繼續生出男丁。

「對了，劍術場我已經幫妳協調好，每周一、三、五傍晚六點至八點都是妳個人可以使用的時間。」

宋靳羽道謝後，發現第一節課快開始了，便提著稍微冷掉的豐盛早餐。

第三章
牛郎織女的見面，比男女合宿簡單

室友們應該不會介意進出過殘障廁所的早餐吧？哈哈！

宋靳羽回到教室時，美術老師還沒來，室友們已經坐在後面的座位了。

維特托一見人終於來了，立即衝上前幫她拿，「終於來了！靳臨，辛苦你替大家買早餐。」

宋靳羽不好意思的抓抓頭髮，「抱歉來晚了，因為很猶豫自己要吃什麼，所以考慮一段時間，結果選了燻雞貝果。」

餐點的包裝紙有些油膩，維特托隔著衛生紙陸續拿出每個人的餐點，分配在大家的座位上。

紀多靜咬了幾口，突然大叫：「我不吃酸黃瓜。」

呃，哥哥沒有跟她提到紀多靜不吃酸黃瓜啊！

「那不然……」宋靳羽欲把自己的早餐與紀多靜交換，莫里特突然抓住她的手腕，拉到他身側，將自己的早餐和紀多靜交換。

「呵呵，妳這不用擔心，我的跟小靜換就好。」

無預警的，宋靳羽一頭栽進莫里特的懷裡，一股甜糖的味道竄進鼻腔，愛吃糖的莫里特身上有著濃濃的糖果味道。

他的手臂搭在她的肩上，手掌心離胸部靠得很近。雖然胸前穿上束胸衣，宋靳羽仍怕近距離的接觸。

他的力氣十分的大，幾乎把她揉進懷裡，胸膛輕輕摩擦著她的身體，這一刻全身緊繃到了極致。

「嗚嗚嗚，好可怕！」維特托害羞的聲音，只見他摀著臉，擺明表示這種舉止是汙染心靈的行為。

「哦。」紀多靜眼睛發亮，「這畫面好棒哦！」

宋靳羽眼角一抽，拜託不要再幻想啦。

這瞬間，陸祈曄心頭一跳，一種不舒服的古怪感覺蔓延心湖，他覺得自己很奇怪，莫里特不論是對男性女性時常手來腳來，這明明是很平常的事，他就覺得很不舒服，很不喜歡看到宋靳臨小鳥依人般靠在莫里特懷裡。

他情緒在不舒服什麼啊?!

宋靳臨是男生——是位個頭小、皮膚嫩、臉頰圓潤有嬰兒肥、嘴唇很軟很水嫩，總是呆呆的，出其不意露出傻愣，在男生眼裡有萌萌可愛的模樣，讓人捨不得欺負。

慢著，為什麼形容宋靳臨的詞彙都像形容女孩子？

他沒有在看少女漫畫的習慣。

意識到恐怖的想法，陸祈曄臉色沉了幾分，指尖輕輕敲著桌面，抬眸瞪向依然依偎在一起的兩男：「宋靳臨，我的早餐呢？」掃過袋子內的餐點，仔細數一數發現少一份。

「在、在裡面啊。」宋靳羽推開莫里特，「咦咦咦，少一份！小曄曄，對不起，我不是故意的。」

「你好樣的。」他聲音再次浮現壓抑後的惱怒。

他不知道為什麼會控制不住情緒，宋靳臨和莫里特緊密相抱的畫面仍舊在腦海裡盤旋，陌生的情緒讓他感到惶恐。

莫里特親暱的搭上她的肩，「沒關係，我跟妳去買。」

「不用，我要監督你，宋靳臨，跟我來。」

陸祈曄起身，雙手插著口袋步出教室。

「可是要上課了……」

「第一堂不會點名。」

宋靳羽嚴重懷疑陸祈曄有隱性S的本性，而哥哥在公寓內只是個很重要的M傾向玩具，是所有人的M玩具！

哥，你很沒用耶。

重新整理好臉部表情，宋靳羽眼睛彎成月牙的形狀，笑咪咪的跟上陸祈曄，「吶，小曄曄，我忘記你點什麼了，可不可以再說一次？」

「……蔬菜三明治。」

陸祈曄平常沒有快走的習慣，但不曉得為什麼此刻腳程快如趕火車。他的情緒還沒平靜下來，一種名為「不自在」的情緒堵塞在胸口。

尤其兩人併排行走，肢體偶爾會擦撞碰觸，他覺得自己的身體好像有股電流流過，心跳大亂，腳程愈變愈快。

「小曄曄！」

身後傳來宋靳羽柔柔的嗓音，他下意識的放緩腳步，白癡的等她跟上。

他該找個話題轉移注意力：「早上你還沒起床時，多靜說傍晚要大家去大賣場採購生活用品。」

「呃……好吧，我知道了。」今天是周三，不能練了。

「怎，有事情？」側眸一看，發現宋靳羽的表情有點沮喪。

「其實想去劍術場練習，嘿嘿，因為你不幫我，所以我只好自個兒來了。」

現在是怪他就是？「我不是說可以找你妹一起嗎？」

「她、她因為有事情，所以會請三個月的假。」

「只是個比賽，幹嘛那麼認真？贏了頂多替自己和理事長贏得面子。」

理事長是他的親人，當然知道理事長是個愛面子的人，凡是都想替學校留下光鮮榮耀的名聲。

「我不是因為理事長的期望才這麼認真，而是因為熱愛的劍術，所以我想認真努力的完成比賽。」宋靳羽頓了下，抬頭望向他，眼中浮現不容忽視的堅定，讓他無法轉開目光，「而且我知道學校內有很多高手，你就是其中一位。即使結果不如意，但我不想沒準備就放棄。」

當然，贏得比賽除了榮耀及學貸一次還清的吸引力，還有重要的一點，宋靳羽想突破自己，完成哥哥的期許。

陸祈曄眼神閃了閃，心跳霎時又亂了。他彆扭的撇開臉，不發一語。

之後，沒再多說什麼，兩人抵達合作社的早餐部。

回到教室，美術老師已經開始上課，班上同學分組完畢，各組圍成一圈，位置前面擺放著畫板。

「到底要畫什麼呢。」拿著畫筆轉呀轉的宋靳羽伸長脖子，偷看隔壁的維特托：「維特托，你要畫什麼？」

「我不知道畫誰。」

「呵呵，可以試著畫教室後面的大衛雕像唷～」提筆的莫里特朝後方投去一眼，碧色眼眸盛滿惡笑，「有現成的比人體好描繪。」

「你想讓他一口血噴在畫板上嗎？」

宋靳羽看見維特托羞答答的低頭，整張臉都快撞上畫板了，她好心的扯住衣襟往後一拉。

「呵呵。」莫里特轉向紀多靜，「小靜妳呢？不知道畫什麼，我可以幫妳出主意。」

刻意選個角落位置的紀多靜俏皮的眨眨眼，「下課你就知道了！」

還是別出主意，聽起來就很恐怖吶。宋靳羽不敢恭維，就算她畫不出來，也不會請莫里特出餿主意。

哥哥除了劍術優等，肖像技巧也很強，功課不輸給頭腦很棒的陸祈曄。

幸好她繪畫技巧沒有爛到無法見人，否則會穿幫啊！

啊啊啊，想到了！她知道要畫什麼了。

陸祈曄不到三十分鐘就已經畫完圖，坐在窗邊望著操場，聽見莫里特輕佻的嗓音，他的視線不由瞟向宋靳臨。

「呵呵，這是妳那雙胞胎妹妹？」莫里特咧開嘴微笑道，碧色眼瞳放出異樣光彩。

宋靳羽小心肝一抖，嚥下口水鎮定的迎上莫里特異常詭異的眸光，「呃，嗯，老師只說不能畫自己，所以我畫妹妹，哈哈哈。」

「哦，挺可愛的，不知道是不是像妳那樣好欺負呢？」

紀多靜也來湊熱鬧：「真的有那麼像嗎？我記得雙胞胎有分同卵和異卵，只有同卵生出來的相似度較高。」

「貨真價實啦，哪有騙人！」這群人太過份了。

「小托不來看嗎？小臨的妹妹很正哦！」莫里特稍稍用點力氣，讓維特托轉頭。

「我、我不想看……」維特托稍稍將畫板挪個位置，利用畫板遮住宋靳羽畫作上的女性身軀曲線。

莫里特沒再強迫維特托，戲弄歸戲弄，他會控制在適當的玩笑內。

「呵呵，妹妹有男朋友嗎？」

「沒有。」莫里特這小子想幹嘛啊？

「嗯，這樣呀。」

宋靳羽覺得很奇怪，從今天早上開始莫里特看她的眼神很不一樣，視線綻放玩味的銳光，像是要把人生吞活剝般。

下課鈴響起，班上同學畫得都差不多了，美術老師站在台上用力拍著講台桌面：「下課，麻煩把課堂作業交上來！」

從頭到尾很認真在作畫的紀多靜滿意的放下畫筆，維特托湊上前一看，傻住了。

「呵呵，謝謝小靜的欣賞，這張畫得不錯呢，有戀愛青春的味道。」

「——呃。」擠開莫里特的宋靳羽見狀，嘴巴開得足以塞下一顆鴕鳥蛋。

紀多靜課堂上保密得很緊，一邊作畫一邊竊笑，所有人以為她畫得是曠世鉅作，沒想到畫得是美術上課前，宋靳羽和莫里特相擁的畫面，寬厚的手掌正貼著宋靳羽的腰，唇邊綻放出一抹惡魔般的微笑，兩具一高一矮的身軀如情人般依偎……

宋靳羽因為被他抱著，根本看不到他那時候的表情，經過紀多靜繪畫出來，她才知道原來莫里特是這樣看待自己的。

她撇開臉，實在看不下去，拿著自己的畫紙走向講台。

莫里特勾住她的肩膀，「小臨，老師會不會以為我們有~嗯，妳知道的。妳有沒有興趣談戀愛呀？」

宋靳羽終於忍不住問了：「你是同性戀？」

「……」此話一出，莫里特陷入無止盡的沉默。

陸祈曄心裡雖不是滋味，但聽見宋靳臨的話，唇邊也不動聲色的透出一抹淺笑。

看到紀多靜那歪得徹底的思想，維特托不禁在心裡感嘆，以前的小靜思想單純無一絲雜質，現在是……唉。

美術老師看見紀多靜的傑作也傻住了。

※　※　※

帝亞學校的行政大樓位於校園正中央，銜接左右兩邊的男女校區，學生餐廳在男女校區各有一間。

行政大樓地下一樓的餐廳更大，菜色也較豐富，有魚有肉、餐餐皆有營養的五穀根莖類，雖不及五星級，但對經濟拮据的學生來說，是很豐盛的菜色。

除了營養的餐點吸引學生們來捧場，也有很多情侶喜歡在這裡吃午晚餐，把這裡當作聯誼、燭光餐、恩愛的場地。

因此，平常上課很難相見的男女學生，唯一能見面的就是行政大樓下的餐廳，被學生們戲稱為鵲橋。

陸祈曄等人很喜歡來行政大樓的學生餐廳搶位置，聽聽校園流傳的八卦，當作茶餘飯後的話題。

「小臨，就學三年，很少看到妳的妹妹呢，真想看看靳羽妹妹穿制服的模樣哦。」有陰謀啊，莫里特怎三不五時提到宋靳羽。

「我妹在分校啦。」宋靳羽摸著小心肝，不知道該回什麼，只是一個勁兒傻笑。

走在最前面的陸祈曄轉頭掃了她一眼，「宋靳臨，去幫我買烏龍茶。」視線掠過莫里特那張想跟上去的俊臉，他立刻改口：「不，我跟你去。」

「哦哦好的。」宋靳羽立刻哈腰上前，乖乖跟在陸祈曄後面，挺像皇帝出聲，小太監立馬照辦。

維特托困惑的抓抓頭髮，「曄怎麼突然那麼黏靳臨？」

莫里特輕笑不語，眼中掠過一抹精光，心中暗暗的算計著。

「小臨，我也要。」莫里特朝兩人大喊。

「哦，我知道了！」

宋靳羽小跑步跟上，「小曄曄，你今天要吃什麼？應該不會只喝烏龍茶吧？空腹喝茶對胃不好，現在還年輕，要保重好身體。」

「宋靳臨，你從什麼時候開始變得婆婆媽媽愛管閒事？」

她不好意思的撓撓頭，「呃，好說好說，是我妹常常空腹喝茶。」

「……我有誇你嗎？臉皮很厚。」陸祈曄抿著唇瓣，目光瞧見她身後有輛餐車駛來，不假思索的將手繞到她背後，將她推向自己，「進來點。」

宋靳羽沒有防備，他突如其來的舉動讓她摸不清狀況，雙腳像踩到一攤油漬，不偏不倚跌進他的懷抱裡。

她抓著他胸前的襯衫穩住身子，這時，他頭一低，身前的人正好也抬頭望向他，呆滯傻楞的模樣教他心裡一陣悸動。

陸祈曄瞠大眼，面有赧色別過臉，轉移焦點：「你的手剛才是不是有先摸過檯子邊的油？」

「咦咦咦咦！」

第三章
牛郎織女的見面，比男女合宿簡單

宋靳羽觸電般鬆手，顫顫驚驚的瞪著被她抓住的白色襯衫有塊污漬。

慘了，這不好洗耶！

看向他陰沉沉的臉色，她囁嚅地道歉：「我我我我不是故意的，小曄曄原諒我，我願意幫你洗乾淨！」

「不用，維特托會洗，他看到污漬的東西最受不了。」

陸祈曄轉身邁開步伐，宋靳羽陪笑地跟上去：「小曄曄，不要生氣了嘛。」

「你哪隻眼睛看到我生氣了？」

「兩隻眼睛。」

「……你該去掛眼科。」

買完兩杯烏龍茶，陸祈曄和宋靳羽回到室友們占據的座位，莫里特已經先去點餐，只剩下維特托和紀多靜兩人坐在那裡。

維特托看見陸祈曄襯衫的污漬嚷嚷著：「曄，你的襯衫為什麼變成這樣？是誰用的好過分。不行不行，回家我要幫你洗乾淨！」

罪魁禍首就是她本人啊！宋靳羽聞聲，心虛的悄悄溜走去找中餐吃。

陸祈曄發現宋靳羽溜走，很想追上去，卻被維特托絮絮叨叨的話絆著，視線一直盯著她的背影不放。

他怎麼了？居然很想讓宋靳臨待在自己的視線範圍內。

紀多靜挪到陸祈曄的身旁，小聲地詢問：「曄哥，你為什麼一直在看靳臨哥？」

「怎？」他轉頭，迎上她充滿好奇心的雙瞳。

「嗯嗯～？」

微微上揚的聲音令他窘的別過臉，「咳，我只是要看他去哪，別胡思亂想，我也去買飯。」語畢，深怕被多靜發現什麼，逃也似的離開。

宋靳羽在學餐繞來繞去仍不知道吃什麼，最後選擇自助餐挑菜吃。

回到室友們的聚集地，所有人都已經買好餐點準備用餐。

「啊啊啊，不行，阿特，你又忘了去洗手！」

「我在等你幫我擦手呀。」他知道維特多一定看不慣，莫里特自動自發攤開兩手心，讓維特托用酒精消毒。

唯一的空位只剩下莫里特隔壁的位置，宋靳羽端著盤子入座，抹上酒精消毒完後準備開動——

「小臨，妳不是很討厭吃苦瓜？」輕佻的嗓音飄入耳中，拿著筷子的手瞬間僵住。

宋靳羽看向靠得十分近的莫里特。

不對勁。她總覺得莫里特似乎在觀察她，但始終沒有直白的問出來，都用很含蓄、看似普通的問題發問，然後從中得到想要的答案。

宋靳羽傻裡傻氣的撓撓下巴，「因為自助餐那已經剩些菜色，不吃會餓嘛哈哈哈。」

莫里特輕「哦」一聲，托著下巴的手心覆蓋在她的手背，害她頓時背脊發毛。

這這這太扯了——莫里特不是同性戀，就是他已經知道她是妹妹，沒事幹嘛握她的手？

「宋靳臨，衛生紙。」

陸祈曄淡淡的嗓音畫破僵滯。

由於她一手拿著筷子，另外一手又被莫里特握住，衛生紙靠近被握住的那手，想要拿衛生紙勢必空手才有辦法。

宋靳羽用力抽回手，無視莫里特曖昧的目光，壓下心中的恐慌抽出幾張衛生紙給陸祈曄。

嘩啦一聲，是玻璃碎裂的聲音，伴隨著女性怒罵的聲音，所有人的注意便轉移到不遠處——

「你騙人，昨天晚上根本不是在家讀書，我看到了，你和一個女生在公園！」

穿著制服的長髮少女氣憤填膺的瞪著坐在椅子吃飯的男孩，男孩則是露出被抓包的驚恐表情。

「妳為什麼會在這裡？」

「呵呵，狗血八點檔來了。」莫里特嘻笑，「每天用餐時間最開心的就是欣賞這齣戲。」

「聽說那對男女朋友常常在學餐爭吵，因為這裡是鵲橋，有人在這裡成為男女朋友，也有人會在這裡分手，好玩啊，呵呵。」

維特托沉默不語，幽幽嘆口氣。

宋靳羽很慶幸莫里特的注意力完全跑到別的地方，否則不知道該怎麼辦才好。

對了，到目前為止她還沒有打電話給哥哥報平安，得趕快跟哥哥說明狀況。

「我去廁所。」她對男女朋友吵架的戲碼沒興趣。

宋靳羽故意繞到很少人會去上的廁所。一溜進殘障廁所，她撥了通電話給哥哥。

「喂～」

「哥，你那邊怎麼那麼吵？」仔細一聽，可以聽得出來有女生嬉鬧的調笑聲。

「是親愛的妹妹呀，怎麼了？我在跟新認識的護士姊姊聊天。」

——你是在泡妹吧？她混在全部都男生的公寓生存，結果哥哥在跟女生攀關係。

「哥，你太過分了！你知道我超辛苦的嗎？一個人窩在全是男生的公寓裡，不僅和陸祈曄同間房、裝呆萌才能符合呆萌王子的形象、洗澡要偷偷摸摸、應付莫里特那個腹黑男，每天都穿束胸衣，我還在發育耶，在這樣下去我胸部都扁了，你妹我的胸才A，是要多小啦！哦，還有，哥你從什麼時候開始不吃苦瓜啦?!差點害我原形畢露！」

日子才第二天而已，她累積好多怨氣，除了這些，其實還有很多很想抱怨的事情。

「誒誒誒誒?!」宋靳臨驚呼一聲，朝護士們噓了聲，「妹，我不是有給妳一筆錢暫時這三個月去租房子嗎？」

「我半路被莫里特抓回來啦！後來遲遲找不到時機說。」她沒好氣的吼道。

「那，劍術有練嗎？」

「嘖，沒進度！理事長要我去賣嗲賣萌賣嬌求陸祈曄指導，我看哪天她叫我賣身誘惑陸祈曄我也不意外。」

「我知道陸祈曄的為人，是不會撲倒妳的。莫里特那小子我就不敢肯定了。妳目前跟誰住？」

「陸祈曄。」

「哦，那我可以放半顆心。」

言下之意，哥哥是認為陸祈曄安全囉？就算這樣好了，一個不留神很怕曝光。

「唉，我仍會擔心啊。」

宋靳臨沉吟幾秒，說道：「不如，哥替妳向他們坦承？」

「可是，大家會不會因為我是女生，而疏遠我？」尤其更不喜歡陸祈曄疏離自己，不知道什麼原因，就是不想，可是也不想繼續欺騙室友們。

「唉呀呀，妳坦承後繼續賣萌啊，理事長說的沒錯，陸祈曄吃軟不吃硬。總之妳自己留點心眼，現在妳是男兒身，他們不敢幹嘛。」

「……哥，你良心被車撞飛嗎？」

「唉唷，哥現在要準備換藥，護士姊姊生氣囉，晚點打給妳。」

宋靳羽瞪著電話嘆口氣，推開殘障廁所的門。

為了找遠一點的廁所，她跑很遠，打算穿越中庭直接回到學生餐廳。

剛走到風雨走廊，就聽身後有人在叫自己的名字。

「宋靳臨，你去哪了？」

她朝對方揮揮手。「小曄曄，你怎麼會——」

話還來不及說完，只見他整個人朝自己奔來，張開雙臂用力的抱住自己。

「宋靳臨，快閃開！」

強大的力道讓她重心不穩往後倒去，眼前頓時一片黑暗，臉頰貼著他溫暖的胸膛，耳邊除了學生的尖叫聲，還有東西撞擊地面發出來的碎裂聲響。

身體似乎在旋轉，後腦杓有隻暖暖的手掌壓著，衝擊力之大，她還是感覺到腦袋隱隱作痛。

其實他衝過來的那瞬間，頭好像被什麼銳利的東西砸重，來不及抬頭分辨。

「天哪！」

「啊啊啊啊！」

「是樓上的磁磚剝落讓花盆摔到地上，快通知老師！」

「宋靳臨，醒醒！」

陸祈曄焦急的嗓音迴盪在耳畔，宋靳羽覺得頭好暈，額頭有液體緩緩流下，熱熱的，很不舒服，視野黑斑擴散，而他的聲音再也聽不見。

陸祈曄皺眉看向她流血的額頭，起身想抱起她時，他手不經意掠過她胸前，剎那間，身子狠狠一震，仿若一道巨雷從頭頂劈下，呼吸哽在喉嚨。

顫抖的手指輕輕擱在柔軟的胸前。即使穿上束胸裝，依然無法完全遮住女性獨特的特徵。

宋靳臨——竟然是女生！

第四章　臉紅心跳的動作，到了深夜變危險

以前的莫里特會戲弄宋靳臨，現在對待宋靳羽卻有著天壤之別的感覺，像在打量一件新奇的物品，目光充滿好奇、趣味，舉手投足間多了幾分男性對女性的親暱互動。

而他，陸祈曄也無意識的時常將宋靳臨視為另外一種人看待。

——女性。

是宋靳臨的雙胞胎妹妹，宋靳羽。

他害怕這種感覺，很詫異這股異樣的情感短短兩天發展出來，明知道宋靳臨是男生，他仍不知不覺假想為女生。

陌生且驚駭想法令他心中警鈴作響，終於在學生餐廳忍不住爆發出來，主動攔住莫里特質問。

「你為什麼這兩天那麼愛對宋靳臨毛手毛腳？」

「呵呵，因為我心動了。」

「宋靳臨是男的，不要跟我說你出櫃了。」

「不不不，我看你該擔心自己出櫃了，對於靳臨，你感到很糾結是嗎？呵呵。」

「曄，我從沒發現你這麼死腦筋耶，在你眼裡，她像什麼？摸著你的心誠實回答。」

陸祈曄摸著心口，有種很奇妙的感覺，沒辦法馬上接受自己對男生產生興趣。

原來，他的性向依然正常。

望向躺在病床上的黑髮少年，不，是黑髮少女，白色紗布環住她的額頭，細細的眉毛似乎因為

痛而蹙起，圓潤而白皙的小臉少了血色。

她已經熟睡三個小時。

幸好發現的早，沒有讓墜落的碎片砸破腦袋，頭皮僅縫了三針，使她昏迷的因素是他推倒她產生的衝擊力。

輕輕的嘆息從陸祈曄的嘴裡溢出，連他自己的手因此受了點傷，包上一層紗布。

他摸了已經冷掉的白開水，端起茶杯，肩上披著一件學生西裝外套起身往外走。

陸祈曄站在飲水機前，臉上沒有多餘的表情，深思沉著的神情讓外人看不出他此刻在想什麼。

手機來電鈴聲響起，接起：「喂？嗯，多靜啊，怎麼了？」

「曄哥，靳臨哥醒來了嗎？你呢，你的手還好嗎？」

「仍睡著，放心，我們沒事。」陸祈曄在心裡嘆口氣，這手估計暫時無法畫服裝。

寂靜的走廊響起高跟鞋噠噠噠的聲音，陸祈曄抬頭，一抹身影正以很快的速度接近醫護室。

仔細一看，竟然是理事長。

什麼風把她吹來這裡？

因為校棟維護不良造成學生受傷而來探望嗎？

「晚點聊。」他掛上電話。

不過有必要風風火火的趕過來？看理事長那副模樣，好像是親人受傷急忙趕來急診室探望病人。

拿著熱水杯的陸祈曄加快腳步回到醫護室。

他從沒見過理事長第一次對一個學生那麼上心，怕宋靳羽不能參加擊劍比賽嗎？就算宋靳羽無法參加，又跟理事長什麼關係，還有其他學生也能參加啊。

第四章
臉紅心跳的動作，到了深夜變危險

來到醫護室門外，匆匆忙忙的理事長沒發現自己沒關好門，陸祈曄就站在門外，依靠牆壁偷聽。

「靳羽、靳羽？」

因為宋靳羽還沒醒來，偌大的醫護室只有理事長一人自言自語的聲音。

「唉，怎麼會發生這種事情呢，一開完會聽到這個消息就馬上打給你哥了，趕快醒來吧，給你哥撥通讓他放心的電話。」

原來理事長是知道宋靳羽假冒宋靳臨的祕密。

宋靳羽為何要假冒哥哥？他到現在想不通，所以她真實身分目前還沒有讓室友們知道。

莫里特那小子知道嗎？

還是莫里特早就知道宋靳羽是女生，才故意做出親暱的舉動？

這些答案理事長或許知道。

推開門，陸祈曄面無表情的看著坐在病床邊的理事長。

「理事長，看來妳知道什麼？」

「唉唷！我親愛的姪子，你想嚇死誰啊，進來都不敲門！」理事長摸摸心肝，沒好氣的回頭瞪了他一眼，「門關好，我們再談。」

「來談吧。」

關上門，陸祈曄坐定位，雙手環胸準備聽理事長從實招來。

「小曄曄～」

想要緩和氣氛的理事長莫名其妙裝起可愛，但陸祈曄並不吃這套。應該說想要裝萌，須看對方是不是朋友、或者是心上人。

「勸妳馬上改口，我認真的。」

「好啦，正如你看到的，這位妹妹叫宋靳羽，是宋靳臨的雙胞胎妹妹，目前為分校三年級——」

「講重點。」他不客氣的打斷，冷冷的吐出三字，修長的左腿輕覆蓋在右腿。

「昨天早上宋靳臨外出買早餐出車禍，手肘大腿骨折，需三個月才能康復。我因為和其他老師打賭宋靳臨會贏得年底劍術二審賽，只要哥哥贏了比賽，我就替他們兄妹付清三年學貸，呃，賭額有點高，所以找妹妹來代替三個月，如果三個月後哥哥還是沒回來，妹妹必須上場比賽。」

「怪不得妳要我幫宋靳羽訓練，還想要我參加。」他冷笑，終於明白這兩天理事長三不五時騷擾的原因。

理事長沒察覺他眼底的冷淡，自顧自的笑說：「對呀，親愛的姪子，既然你知道事情原委，就幫個忙指導靳羽吧？」

「我、拒、絕。」低沉的嗓音流露出不容忽視的堅定。

「為什麼?!」

「我為什麼要幫騙子訓練？為什麼要幫妳聚賭？」

不知怎的，他就是不想輕易答應，一想起這兩天因為宋靳羽的行為，心情變得亂糟糟，還差點誤以為自己性向有問題，為男生心動而糾結不已。

想到就……氣。

「孩子，你……」理事長頓時啞口，沒想到陸祈曄會那麼不爽，她笑著緩和氣氛：「這是我的錯啦，是我逼靳羽假扮。」

「而且，為什麼要一直逼我去做不喜歡的事？」怒火忍不住爆發了，「托她的福，我的手受傷，有一段時間不能做服裝設計。」

理事長二度啞口無言，怔怔地看著他。

「抱歉，我還有事情還沒忙完，留給靳羽安靜的環境休息吧。」說著，理事長沉重的嘆口氣，起身離開。

醫護室重新靜下來，陸祈曄握緊拳頭，心中滿塞的糟糕情緒無從發洩。

※ ※ ※

自從宋靳羽甦醒後，日子依然如往常，過著上學、放學的正規生活。

劍術練習在拆線前無法進行，受傷的可不只有頭皮，還有雙手。

花美男室友們待她很好，且養傷的那幾周，過著不用早起替他們買早餐，連晚餐都不用煮的輕鬆生活。

維特托很照顧她的傷口，起先，他想熬煮中藥湯給她喝，她很高興，但室友們面色驚恐的要她別做傻事。

她不以為意，結果實際喝到維特托煮的中藥湯，差點靈魂出竅；維特托家事能幹，烹飪卻讓人不敢恭維。

她從來沒看過會做家事的維特托在煮飯，原來是大家都不讓他煮，難怪某天早上，一聽到維特托要煎蛋，一群人逃之夭夭。

紀多靜來找她聊天的次數變多了，好奇那天磁磚剝落時，陸祈曄是如何將自己擁入懷裡，幻想耽美畫面。

莫里特依然像往常對她做出親密的舉動，可是溫柔的笑容裡隱約參雜些許的……古怪，她說不上來。

她啼笑皆非，這群室友們很可愛、很溫暖。

如果將來有一天，知道她欺騙他們，一定會很生氣吧。

此外，影響她這般情緒的還有一位同房室友，陸祈曄。

她覺得甦醒後，陸祈曄對她的態度更冷淡了，跟他道謝救命之恩，他只回了一個「嗯，不謝。」以前雖冷漠，但會悄悄的關心，現在是連理都懶得理，偶爾在她沒注意的時候悄悄打量她，當她一對上眼，他馬上厭惡的撇開。

她發現自己很在意陸祈曄的想法，目光不由追隨他的一舉一動，甚至會懷疑自己是不是做錯什麼。

沮喪的情緒充斥心頭，不想要他們討厭自己。

為了轉移注意力，拆線後她開始照著理事長替她申請劍術場的時間練習，每周一、三、五練到晚上八點才回公寓，沒有練習場地的時候則待在圖書館吸收劍術技巧。

也許是身體還沒完全康復就開始練習，宋靳羽全身疲勞，咬牙撐過每一天。

短短一、兩周時間，技巧已有小幅的進步，離哥哥的優良程度仍有段距離。

這天中午，她個人的中餐交給維特托負責購買，一下課就趴在桌子上睡覺。

臉頰傳來一股溫柔的觸感，似乎有人正摸著她的臉。宋靳羽睜開惺忪的睡眼，看向坐在對面的金髮少年，「……唔，莫里特？」

「不要一副呆樣看著我哦，我會忍不住欺負妳，呵呵。」他愛不釋手的捏捏柔軟的臉頰。

第四章
臉紅心跳的動作，到了深夜變危險

「我剛睡醒啦，哪裡呆樣！」她揉揉眼，方甦醒的聲音更添嬌柔，傳入男生耳裡有股酥麻感，又像撒嬌。

莫里特輕笑，碧色眼眸盛滿溫柔。「走，我帶妳去吃飯，維特托已經幫妳買好了。」他牽住她的手心。

「不回來吃嗎？」

「今天在學餐。」

宋靳羽點點頭，方站起，雙腿傳來麻麻的感覺，讓她沒有力氣的跌回位置。

「嗯……啊！」

「來玩個好玩的動作。」

話音剛落，宋靳羽不明所以，就見莫里特彎下腰，手臂伸到大腿處環住，輕輕鬆鬆就把她抱起來。

「呀！」身子一輕，她驚呼了聲，下意識的摟住他的脖子，瞠目結舌的望向笑意盈盈的他。

「……」

——她傻眼了，這是公主抱啊，莫里特在搞什麼飛機?!

而且一個男生用公主抱的方式抱著一個男生，用想像就很奇怪。

「……莫里特，你這是在做什麼？」被他一鬧，瞌睡蟲跑光，精神都回來了。

「呵呵，聽說這個動作最近很流行呢，許多女同學都在討論，親愛的，喜歡嗎？」

莫里特真是的，在學校淨學些有的沒的！

「不、不用叫我親愛的，我沒興趣出櫃。」

「哦？可是我找不到女生試，只好找妳了，我想試試看這是否有那麼浪漫。」他邊說著，朝學生餐廳走去。

無聊，這有什麼好試。

「莫里特，快放我下來，同學都在看……」

經過的路上，許多男學生紛紛投來古怪、好奇、戲謔的目光，宋靳羽臉不禁紅，尷尬的低下頭，幾乎將整張臉埋入他胸膛。

見他不為所動，她低聲斥責：「莫里特！」

「呵呵，不是腳麻了嗎？」低頭，凝視著她臉紅的模樣，他承認是故意的。

「……我還是可以休息一下再走，而且腳不麻了。」

「可是，我還沒玩夠呢～」

再玩下去會成為全校的茶餘飯後話題啦，搞不好今天的學餐可以聽到關於F4的緋聞消息。呆萌系的宋靳臨和腹黑抖S系的莫里特晉升情人！

「我不想變成全校焦點！」這三個月她只想要好好渡過，專心鍛鍊自己的劍術能力。

「不會呀，妳已經有前車之鑑。」

宋靳羽抬頭，迎上他那雙泛著狡猾的碧色眼眸，「哈啊？」

「妳受傷的那天，曄也是公主抱的方式抱妳去醫護室呢。」他稍稍收緊手臂，讓她更往懷裡靠，同時感覺到懷裡的少女身子一僵，隱隱抗拒著。

莫里特眼神閃了閃，自然知道她顧慮女性的身分，不想靠他太近。

「莫里特，你是故意的！」

宋靳羽掄起拳頭狠狠往他胸膛擊去，對他來說不痛不癢，心情似乎更好了。

「呵呵，很好玩呀。」

來到學生餐廳，莫里特玩心未滅，唇邊的笑容益發漸大。尤其看見陸祈曄身影，他刻意加重力道，惹得宋靳羽炸毛。

放下宋靳羽前，莫里特已經察覺陸祈曄情緒不悅，握緊的拳頭正說明心情不佳，棕色眼眸一瞬不瞬的盯著自己。

依然沒有發飆。

壓抑得這麼深沉呀……莫里特心中暗暗笑，那他偏要逼陸祈曄面對，這好玩了。

「里特哥，你是打算在學餐開創第一對男男戀嗎？我支持！」紀多靜玩味的盯著臉紅透透的宋靳羽。

「嗯～第一對也許不是我唷。」莫里特語帶保留的說。

維特托傷心難過的說：「靳臨，你真的是同性戀嗎……？」

「我不是！」她咬牙切齒的怒吼。

「嗯，我、我不希望你是……」儘管得到宋靳臨的允諾，維特托依然不放心。他靦腆的抓抓臉，「我幫你點了杯養生茶。」

宋靳羽一愣，覺得很窩心，激動的抱住維特托。

「謝謝維特托！」

「誒?!靳、靳臨，我們不能這樣的！」維特托兩手不知道放哪，藍眸惶惶不安。

「就一個擁抱你害羞什麼啦！我買了超大杯牛奶。」紀多靜見狀，把牛奶推到她面前。

宋靳羽感動的撲進紀多靜的懷裡。「謝謝！」

「而我呢，我抱著妳來到學餐。」莫里特昂首微笑地說。

宋靳羽丟一記白眼過去，多此一舉的公主抱就別邀功了。

只剩下寒著張臉的陸祈曄，宋靳羽正想與他說話，他便拋下一句話揚長而去。

「我突然想到學生會的事情還沒做完，你們先吃。」

留下來的人面面相覷，宋靳羽的臉色很不好看，不喜歡陸祈曄忽略的行為。

難怪他會這樣。不久前她才知道他半夜不睡都在練習繪畫服裝設計，為了救她，害得他手受傷，一段時間無法畫畫。

不行，一定要想辦法熄掉他的怒火。

宋靳羽倉促用完中餐便去學生會辦公室找人。聽學生會的同學說，陸祈曄中午根本沒有回辦公室。

沮喪的她慢慢走回教室睡午覺。一整天下來，直到傍晚放學，她仍舊找不到機會和陸祈曄談話。

這天，正巧沒要練習劍術，早早回公寓等陸祈曄回來。

用完晚餐，宋靳羽匆匆洗完澡趴在兩人用共的書桌，等著等著，睡意襲來，撒手夢周公去。

陸祈曄回來，就見宋靳羽趴在書桌熟睡，前天晚上他散亂在桌上的設計圖被她細心整理好，裝入資料夾，並用有顏色的書籤貼在角角，易於翻閱。

他知道宋靳羽今天一直想找他說話，也知道她傻等很久。

有一天，他在學校處理學生會的事務，經過練習場就看見宋靳羽認真之姿，他的腳步不受控制的停在門後，凝視揮舞軍刀的她。

汗水揮灑在安靜的環境，黑髮儘管凌亂，卻讓人移不開目光，重複展現突刺、劈刀等姿勢，偶爾幾次看見她沒站穩摔倒在地，跌得膝蓋、手肘、額頭淤青，依然勤奮不懈的努力著。

他看著，捏了把冷汗。

每當有進步，覺得做得不錯，那張小臉會露出雀躍的表情，身邊沒有人，她自己會很嗨，兀自在練習場快樂奔跑。

他承認，那瞬間心跳又亂了節奏，心中升起一個念頭。

——很想指導她。

不由自主的想靠近，更想了解宋靳羽對自己的想法。

可是，他不知道該如何面對她，同寢室有個女孩子，用想的就覺得渾身不對勁。

只有在她熟睡的時候，他才有機會靜靜凝視宋靳羽的側臉。

手指輕輕的撫上她柔順的黑髮，宋家雙胞胎就算仔細一看，依舊認不出來不同人。

如果不是風雨走廊的磁磚突然掉落，他沒有抱住她的話，這個祕密不知道要瞞多久。

沉著冷靜的面容劃過捉摸不定的神色，終於明白她為什麼開學第一天看見他洗完澡的模樣會侷促不安。

也許是輕撫而發覺，正想抽回手時，宋靳羽醒了。

「唔？」她抿了嘴巴一下，下意識摸摸嘴巴。感覺有抹模糊的身影佇立在身畔，她凝眸望去——

「陸祈曄？」她隨意的扒了扒頭髮，揚眸對著黑髮少年傻傻笑道：「你終於回來了，我在等你。」

無預警的，心跳的節奏又亂，陸祈曄慣性皺眉，頭一撇，極力忽略心頭異樣的情感。

「找我幹嘛？」

「對不起，是我害你的手受傷，害你這陣子沒辦法畫畫，真的很抱歉。」宋靳羽正經危坐，「我不確定你是不是為了這件事情生氣，不管如何，我……不想要被你忽視，這樣好難過。」

「所以，妳難過，我就得拍拍妳的肩說：『不是這樣，我沒有忽視妳』？」他的話深深刺痛她的心。

「才不——」

他冷著臉，嚴肅打斷：「宋靳羽，妳少自以為了。」

轉頭看了眼現在的時間，晚上十點外面很多店家都已關門，但他不想待在這裡，乾脆去客廳吧。想著，他大步往外走，身後傳來宋靳羽柔柔的嗓音：「那你為什麼避著我？如果我有哪裡做錯，麻煩請跟我說！」

「說？妳的意思是凡事都要跟妳報備，每天都要黏在一起?!」

他很少對人發火，對任何事情皆冷淡應對，總是用旁觀者的角度去看待任何爭吵。

「我不是這個意思！我覺得你對我有誤會。」

「聽妳這麼一說，是有誤會。」他挽起的嘴角掛著一抹嘲笑，「宋靳羽，妳有把握承受住這個欺騙的誤會嗎？」

宋靳羽愣住，有點聽不懂他真正的意思。

他走上前，握住她的雙肩朝牆壁狠狠一推，撞上牆壁發出悶響，一手則抵在身後的牆壁，和莫里特曾經對她做過的舉止一樣，此時的氛圍完全沒有曖昧，而是深沉的壓抑。

他的惱怒一部分透露在捏緊她肩膀的力道，沒有完全展現出來。

「一個騙子，還想跟我談什麼。」他平靜的嗓音和激動行為完全相反，不知道是否冷靜了，臉上完全看不出半分端倪。

「妳要我如何和一個女生同房住下去？」

宋靳羽怔怔地看了他許久，好半晌才擠出一句話。

「你、你知道了？怎麼會……」

「什麼怎麼會？那天救妳不被磁磚砸破頭就知道了。」

「誒！」

宋靳羽恍然大悟，從那天開始，陸祈曄對她的態度開始轉變，以前就算臉上寫著「生人勿近，熟人閃邊」，他依舊會搭理，還願意吐槽幾句。

「身為女生的妳出現在這裡是暫時代替哥哥的擊劍比賽，贏得比賽還能償還三年的貸款。幸好我發現得早，否則被欺騙一個學期。」他淡淡哼了聲，眼神不耐煩的瞟向一旁，沒再看她。

宋靳羽歉疚的雙手合十：「陸祈曄，對不起。我不是有意欺騙，原本想這三個月在外面租房子，沒想到當天遇到莫里特，後來就住下，請相信我！」

他反問：「後來妳也可以搬出去，不是嗎？」

「因為……」她咬了咬唇，心一橫，決定毫無保留的說出內心害怕的那一面：「我捨不得大家。我不想回宿舍，即便只有三個月，我也想自由一下。」

這話不假，陸祈曄甚至是相信的。

因為和宋靳臨合宿的那段期間，宋靳臨常和妹妹聊電話，十分愛護妹妹，室友們知道宋靳羽抽到宿舍名額，比住外面或搬過來跟他們住還便宜。

可是宋靳臨也有讓妹妹過來的想法，但為了再省筆錢，只好這樣做。

「那妳現在住在這裡，哥哥能放心？這裡很多男生。」

「呃，因為哥哥說和你同間房可以放心。」

陸祈曄嘲諷一聲，宋靳臨的意思是他不危險？哪裡來的自信？

他低頭附在她耳邊輕語：「妳哥呆，妳也跟著呆？現在意識到自己的處境了嗎？」

兩人的身軀沒有間隙的貼在一起，她詫異的輕顫了下，彷彿能聽見自己擂鼓般的心跳聲音。

修長的手指拂過她的耳朵，輾轉到她的髮，輕柔的替她勾到耳後，不經意間擦過小小的耳垂。

這瞬間，她手腳僵硬，羞怯地朝黑髮少年望去，正巧對上他深沉的棕色眼眸，燈光微弱，那雙眼眸就像海底深處，不可知的漩渦。

別過臉，陸祈曄輕嘆口氣，宋靳臨還真說對了，想嚇她，他頂多只能做到這個地步，沒辦法再繼續下去。

他無法像莫里特對待女孩子那麼親暱。

「陸祈曄……」她的聲音帶著顫抖，不是害怕，而是對於兩人近距離的接觸感到非常緊張。

微微支起背脊，他的聲音也帶著緊張的狀態，「妳受傷的當天晚上，妳哥就打來了，要我照顧好妳。」

「那你為什麼還……這樣冷淡對我？」

「因為我覺得麻煩！要幫妳隱瞞身分、要和妳同間房。剛才不覺得很危險嗎？不要這麼沒防備，也不要對其他人做出太親密的事情，尤其是莫里特。」

宋靳羽不發一語的看著他，又聽他說：

「所以馬上搬出去，和理事長說妳不適任，我看過妳練習的樣子，想贏很難。」如刀刃般的目光一瞬不瞬的盯著她。

搬、搬出去?!

宋靳羽完全傻住了，心中有股疼痛蔓延，她怎能搬出去！

現在搬出去，她不知道如何跟大家交代，不想在和陸祈曄沒有和睦的狀態下離開這裡！

不僅如此，不想要被他看扁。雖然她有自知之明，清楚自己的實力在哪，但她不想放棄，哥哥把希望放在她身上，她一定要辦到！

「我拒絕。」宋靳羽卯足力氣，用力將他推開。

「為了三年貸款不惜拒絕？」他覺得很好笑。

「雖然哥哥和理事長打賭，有一半的原因是看在貸款。可是我已經假扮哥哥了，我不想半途而廢、不想讓哥哥失望，更不想讓其他人認為哥哥是半途而廢之人，所以我會繼續下去，絕不放棄！」

她的話如針般猛地刺進他的心頭，心中泛起一股難言的情緒。

望著她堅若磐石的眼神，他認為很難改變她固執的想法。

但他還是說：「妳知道自己在說什麼嗎？我不會因為知道妳是女生就讓妳住單人房，甚至告訴大家，這樣就太便宜妳了。」

「我知道！因為你想讓我知難而退，但我一定要完成哥哥交代給我的事情！」

他深呼吸，雙手覆在她肩上，看向她的眼神浮現很多情緒。

「……那好，我期待妳的表現，三周後的初賽沒通過，立刻搬出去！」

第五章　熬夜練劍非殺人，也不是要還學貸

翌日，宋靳羽恢復活力。前陣子因為陸祈曄的冷淡讓她傷透心，餐餐食不下嚥，就在昨天晚上，夜深人靜的時候，彼此攤牌了。

於是，陸祈曄是第一位知道她真實性別的男生。

她以為昨夜是最後一晚待在公寓，沒想到最後扭轉陸祈曄的想法，但，沒有完全扭轉，陸祈曄抱著看戲的心態高達百分之八十吧。

不過沒關係，她會努力讓他誇目相看。

「心情很好哦？」莫里特笑著看她，夾了塊麵筋放入她碗裡。

「沒有啦，可能是昨天睡飽的關係。」幸好和陸祈曄談開，否則不知道要難過多久。

她開心的看向坐在隔壁沉默吃稀飯的陸祈曄，對方連個眼神都不想施捨。

不過，宋靳羽不沮喪。

莫里特將兩人的互動看進眼底，心裡暗想：經過一個晚上果然是變得不一樣了。

看來，這兩人的戲會再持續一段時間呢。

「那妳精神很好，能不能快來幫我們做晚餐唉？」仔細一聽，莫里特的聲音充滿怨氣，「小托的晚餐好難吃。」

「可以出去買不是嗎？」這陣子她都在學校待到晚上八點，有時候還會更晚，很少和他們一起吃晚餐。

紀多靜扒了口飯，「周一到周五都分配好哪天誰該買，結果只有我傻傻相信，像特托哥，有時候打掃太認真，完全忘記要去買晚餐，就直接在廚房做黑暗料理；里特哥不知道跑去找哪個女人逍遙了。」

蛤，大家怎麼那麼慘啊……好歹她在學校努力時還記得去學餐買飯解決飢餓。

一雙筷子驀地出現在眼皮子底下，正詫異著，她的下巴被抬起來，臉龐朝向對方。

「是呀，小臨，沒有妳我們都活不下去了～我們要同生共死，直到海枯石爛～」

莫里特說得嗓音忽高忽低，飽含濃濃的深情，聽在宋靳羽耳裡只覺得冷颼颼。

陸祈曄眼神一暗，「宋靳臨，拿水壺給我。」

「哦好的！」她立刻挪動身子，下巴順其自然的離開筷子，拿起水壺給陸祈曄。

莫里特似笑非笑的盯著陸祈曄，喃喃道：「唉唷～厲害哦！」

「里特哥，你打什麼啞謎呀？看你那副賊頭賊腦樣，感覺沒好事。」

紀多靜滿眼愛心的看著陸祈曄、宋靳臨、莫里特三人間的互動。

用完早餐，陸祈曄拎起書包準備去玄關穿鞋，宋靳羽跟屁蟲般拎起書包，追上去。

外面天空灰濛濛一片，正下著毛毛細雨，宋靳羽翻著書包，發現忘記帶最重要的雨傘。

「小曄曄～等我，我沒帶傘。」不過她很快就想到解決辦法。

「……那還站在這裡做什麼？」陸祈曄停下來，稍頭一側，很明顯在說進去拿。

「跟你去上課啊。」宋靳羽天真的說。

三條黑線從他額頭滑下。「我突然很佩服妳的腦袋。」

「嘿嘿，這樣誇我我會不好意思的。」

這瞬間，他臉一抽，手指頭不由自主握緊雨傘的把手。

「妳原本就這麼沒腦嗎？」如果是，他不意外，因為宋靳臨就是這麼白目、天真、傻呆！

她聽了不悅地噘起嘴，「我剛說的話哪裡沒腦？都是以你說的話回覆耶！是你問我還站在這裡做什麼，我能做什麼，當然是跟你去上課啊。」

「妳怎麼沒想到要去拿傘？」

「因為我想跟你一起撐傘。」她說得連自己都不好意思。

棕色瞳孔微微一縮，熟悉的悸動捲土重來，打亂他原本平穩的心跳。

陸祈曄用拿著雨傘的那手稍微遮住鼻梁以下的臉，臉色依然很臭，飄忽的眼光透露出他的害臊。

「馬上滾去拿。」

「誒誒誒！」宋靳羽裝做左耳進右耳出，直接把書包放頭上，拔起腿狂奔，衝進陸祈曄張開的傘下。

「妳……」陸祈曄歪頭對她作出一抹「妳到底想白目多久」的表情，可惜警告的神情對她沒有用處。

「哈哈哈！」宋靳羽臉上綻放出笑靨，手臂輕輕蹭了蹭陸祈曄，「走吧走吧。」

「小心，車子。」

此時，他遠望的視線不知看到什麼，沒等大腦反應，身體已經先有動作，伸手環住她的腰輕輕往他另一側拽去，拉進內側的比較安全的地方。

兩人頓時交換位置，換他在外車道。

宋靳羽沒料到自己整個人換個位置。陸祈曄也沒想到太用力，讓她雙腳不穩，直接深深的撞進了他沒防備的懷抱裡。

「對、對不起。」

她如彈簧般挺直背脊，一手拎著書包，另外一手則像是想掩飾尷尬拚命的摸頭髮。

「跟上。」陸祈曄深呼吸，壓下胸口的悸動，邁開腳步。

宋靳羽抵達學校後，終於平息瘋狂的心跳。

一直以來，她都是和陸祈曄一起進校門，偶爾他會先去趟學生會辦公室，不過剛抵達行政大樓，走廊左右兩邊紛紛衝出好幾十個女學生，每個人手上不是拿著鮮花，就是兩、三人一起拿著黃色布條，上面用麥克筆寫著：會長大人，我愛你！

今天什麼日子?!

大規模的陣仗湧上來，宋靳羽一眨眼便被擠到旁邊，這群女學生成了鋼鐵般堅硬的鐵牆，陸祈曄則被包圍，簇擁離開。

「陸祈曄……」

這麼多女學生靠近陸祈曄要做什麼？

好討厭！

可惡，陸祈曄也真是的，離開前不會回頭看她一眼嗎？

鬱悶的吐口氣，她頓時意識到內心令人錯愕的情緒。

她剛怎麼會覺得討厭？還想要陸祈曄回頭施捨一眼？

陸祈曄有成票的女粉絲她不意外，就連哥哥也有一些小粉絲，有時候抽屜會突然多出包裝精美的禮物或告白卡片，送禮者有男有女。

宋靳羽懊惱的咬起嘴唇，以前她不會對一群女粉絲霸占著陸祈曄感到忌妒，現在則會很在意……為什麼呢？她開始慢慢思考，會在意他周圍的女性有多少個，如同前陣子他刻意躲避的行為讓她超級難過。

還有，她很喜歡黏在陸祈曄身邊，就算他冷漠、白眼她，她還是很想走在有陸祈曄影子的地方，想著有種幸福感。

她究竟怎麼了，為什麼會對他如此上心？

「小臨怎麼了嗎？為什麼呆呆站在教室門口？」那抹淡淡的笑意掛在莫里特的嘴角。

「沒、沒事，有點煩惱。」

「煩惱？」莫里特挑眉，淡笑而不語。

「對了，剛才我看到陸祈曄被一群女學生團團簇擁離開，陸祈曄很鎮定，好像料定會有一群女學生衝出來。」

「小臨，妳得老人失智症啊？」莫里特柔柔的嗓音卻十分犀利。

「哈啊？」

「哈哈哈哈！」一旁的紀多靜忍不禁開懷大笑。

宋靳羽開始忐忑不安，該不會有自己不知道的事情？

「妳忘記去年自己被一堆女學生包圍的回憶囉？」莫里特那雙笑眼閃動異樣的眸光。

一般新學期開始，社團接力舉辦新生茶會，社長和社員們會利用社費提供餐點，讓高一的新生們多多參與，認識更多在校學生，加入社團成為一份子。

學生會的茶會比較特別，每一學年度社團內會統計當年度話題最多的學生作為下一年度的校星。

校星在每年的十月一日可以舒舒服服度過一天，由學生會精挑細選出來的女學生服侍，若是由女學生當選，則由男學生服侍。

這種活動在分校根本不會出現，她當然不知道。

哥哥艷福不淺耶，居然被一群女學生服侍一整天。

至於哥哥為什麼榮登年度話題寶座，她不想知道，反正賣萌的哥哥一定有很多法寶可以成為當年度話題校星。

廣播：「參加擊劍比賽的同學請注意，初賽參賽者的比賽場次已經排出來，公布在行政大樓的一樓廣場。」

宋靳羽聽到廣播馬上去指定地點，莫里特也跟上去湊熱鬧。

參賽者有十四位，以淘汰賽為主，總共三回合，每回合三分鐘，先獲得十五分者勝利。每人會各比賽兩場，因此分成七組，預計上午結束初賽賽程。

「小臨，妳的對手是三年B班那兩個男生……聽說很難纏呢。」

「怎麼說？」宋靳羽看向若有所思的莫里特，心裡開始盤算要如何打倒那兩個男生。

「他們以前躲避球校隊，很會閃哦，反應力超快。」

「那籃球校隊是不是很會射刀？」

「小臨，妳也學會開玩笑了，呵呵。」

這不好笑！她很認真在思考應對方法，結果莫里特居然在開玩笑。

「我說認真的哦，我聽說他們的反應很敏捷。」

她握緊拳，「不管是誰，我一定要進入二審！」

剩下的三周，宋靳羽窩在劍術場地練習，咬緊牙關撐過每一天，不只是為了哥哥，還有一個人也關注她的比賽，她想讓陸祈曄誇目相看。

偶爾晚歸的陸祈曄會看見宋靳羽八點多還在練習場地。半夜的時候，她一個人會悄悄鑽出被褥，獨自在陽台上拿衣架當作軍刀練習。

有幾次宋靳羽有發現陸祈曄在偷看，直到發現他會沉默的站在窗邊凝視，她的心很沒志氣的小鹿亂撞，然後跌倒、衣架打到臉等，各種丟臉的突槌。

陸祈曄的手已經康復，開始設計服裝圖，所以半夜見面的機會變多了，宋靳羽想避都避不掉，努力告訴自己靜下心。

經過很多次心理建設，她習慣陸祈曄出沒的時間點。宋靳羽通常在他來的時間會插上幾句話：「為什麼你喜歡畫畫？」

反正他已經知道她不是哥哥，很多不懂的事情可以問得很順口，不必擔心重複詢問。

「沒為什麼。」他簡短的回答，宋靳羽以為他不會再說下去，沒想到很罕見的問了：「不然妳喜歡劍術有理由嗎？」

「當然有。小時候的夢想是當公主保護哥哥！哈哈哈！」

他冷笑，「不意外，妳哥一副呆樣，又像未成年孩子。」所以才會沒有發覺宋靳「臨」變質了。

「你為什麼那麼討厭劍術？」她小跑步到他身邊坐下。

「是排斥。」

他從來沒討厭過劍術，只是因為一些因素……去反抗，反抗的結果就是厭煩。

沉默蔓延兩人之間，夜風呼呼地吹，窗簾啪啪的響。

第五章
熬夜練劍非殺人，也不是要還學貸

久久不聞陸祈曄接下去說，宋靳羽耐不住問道：「然後？」
「等妳贏了才有資格質問我。」說完，起身跨進室內。
「小曄曄～我會通過初賽給你看！」
當她這麼一喊，陸祈曄的背影猛地僵住，拋下了一句：「三年學貸的威力真不是蓋的。」
「我說我不完全是為了學貸啦！」
宋靳羽沒管現在是晚上十二點，激動的大喊，而那抹高大的背影沒有再回頭或多說一句話。

隔天，宋靳羽本來想去練習場練習，誰知道臨時施工不開放，鑒於上次磁磚剝落，這一次學校盯得很緊，只要建築物的外觀、設施有任何毀損，有危害到學生一律封鎖，進行改造。
她掃興的背著書包回公寓，早知道和多靜他們一起去大賣場逛逛。
快走到公寓時，門口突然走出一名穿著西裝、梳油頭、小麥色肌膚的男人，年齡約五十歲左右。
奇怪的是，那人手裡抱著很多的資料夾。
大家不是都到大賣場去了嗎？
再仔細一瞧，七個顏色的資料很像她幫陸祈曄整理的設計圖資料夾。
這些都是陸祈曄最寶貴的資料夾。
難道——
資料夾小偷！
宋靳羽拔起腿狂奔，企圖追上準備騎機車離開的西裝男。這時，門被推開來，探出一張熟悉的臉孔，水藍色眼睛吃驚的看著宋靳羽。

宋靳羽也瞪大眼睛看著維特托。

「咦，靳臨，你今天怎麼那麼早回來？」

「你在家？今天所有人不是都去大買場採購嗎？」

「唔，因為我——」

眼見竊賊即將消失在轉彎，宋靳羽咬牙，一屁股坐上維特托的腳踏車，火力全開的追上去。

「晚點再講，公寓遭小偷！」

「啊啊啊啊，什麼，小偷？在哪？」維特托驚慌失措的左右張望，而宋靳羽拋下一句話已經騎遠。

「就是剛才走出公寓的油頭西裝男！」

宋靳羽使出吃奶的力氣狂踩踏板，目光絲毫不敢從西裝男身上挪開，就怕一個不注意，西裝男溜了。

繞過一個轉角，遠遠的，她看見西裝男從垃圾場騎出來，她瞇起眼記下摩托車的車牌號碼，接著殺進垃圾場。

很快的看見垃圾場的入口處有個紅色的資料夾。

宋靳羽很納悶，究竟西裝男想要幹什麼，而且維特托就在家裡，西裝男是維特托認識的人，還是不認識的人？

假如認識，為什麼要偷陸祈曄的資料夾？還特地騎機車來這裡毀屍滅跡。

太過分了，這是陸祈曄很重視的設計圖！

宋靳羽捋起袖子，準備在滿山的垃圾堆裡找回資料夾。

根據她追上西裝男的時間，西裝男沒有時間把資料夾塞進已經綁好的垃圾袋裡，不想讓別人找到的話，比較可能會分散丟棄。

於是，她翻過一袋又一袋的垃圾，陸陸續續找回五種顏色的資料夾。

她不知道自己花了多少時間，所有東西找齊時，她覺得膝蓋很痛，想要站起來很困難，右小腿也有點麻麻的。

不過，再痛都無所謂。

看著放在地上的七個資料夾，她鬆口氣。

「宋靳羽，妳現在是在做什麼？」

驀地，陸祈曄不悅的嗓音自身後響起。宋靳羽回過頭，抹抹臉上的汗水，微笑：「找你辛苦畫的設計圖！你看看，有沒有少一張？」

冷凝的視線掃過七個沾上髒漬的資料夾，沉穩的口氣頭一次無法控制的拔高音量：「那是我的東西，關妳什麼事情?!」

一小時前，他接到維特托打來的電話，所有人立刻停止逛大賣場，迅速回到公寓。

聽了維特托的解釋，他沿路找上來，終於看見她一個人埋頭在垃圾堆裡，完全不在意骯髒的垃圾弄髒自己，認真專注的想尋回資料夾內的設計圖。

澈底感受到陸祈曄的怒氣，宋靳羽咬咬唇，說：「當然關我的事情，我們是室友……」

「我和妳是室友，妳就可以不顧生命危險，獨自跑來追小偷？」

知道她去追小偷，那一刻他心慌了，緊張的情緒不言而喻，很怕她出事情。

宋靳羽承認這部分她錯了，但那時候真的沒考慮那麼多。

「我、我沒想那麼多，我只知道要找回資料夾內的設計圖！」

「每天晚上，你都很認真的在畫畫，理事長有和我提過，你時常把自己關在房裡，是畫設計圖吧。這都是你花時間和心血一點一滴完成，正因為如此，就更不能放棄！」

「這是你最珍惜的東西，我想替你找回來，所以腦袋還沒思考，腳就追上去了。唉，而且我跪在地上找了好久，都不先問我有沒有事嗎？」

陸祈曄怔怔的看了她好半晌，怒火已漸漸消退，這些話全部都重重撞擊在他心坎。

最後，無可奈何的嘆了口氣。

腦袋沒思考，腳就先行動了。

跟他那時候怕她被車撞，很類似啊……因為擔心對方，所以更想要保護對方。

「可以走？」他蹲在她面前。

「膝蓋有點痛，不過休息一下就好了，哈哈哈。小曄曄~你不生氣了？」

他很無奈，尤其看見她現在的模樣，怒氣很難持久。

陸祈曄快速在手機上按幾下，送出訊息。

「我們回去公寓報平安，叫莫里特他們回來，他們也去找妳了。」撿起資料夾，他手臂穿過她的雙腿，一鼓作氣抱起她。

「咦！呀！」宋靳羽瞪大眼睛，當下驚慌的蹬了雙腿，兩手本能的環住他的脖子。

不知為何，看到他用公主抱的方式，便想起那天她受傷、祕密隨之曝光的那一日，他也是用公主抱的方式送昏迷的她去醫護室。

「陸祈曄……」她低聲喊道。

他並沒有回應她，但宋靳羽知道不管他有沒有在聽，或是會不會給予回應，她還是想說：「謝謝你……」

她說完後，彼此間陷入很長一段時間的沉默。

宋靳羽能感覺到自己說話的同時，環在大腿及腰處的手臂輕輕一顫。她抬頭看著陸祈曄，卻發現他把頭撇開了，目光望著遠方，就是沒有看她。

宋靳羽神色黯然的低下頭，幽幽地嘆了口氣。

「咳，拿著。」陸祈曄將資料夾扔給她，依舊沒有看她。

宋靳羽莫名其妙的看他，這是他的東西，幹嘛交給她？

「我這樣不好拿。」

「哦，我知道了，可是你都拿一段路了……」

接到他冷冷的眼色，她開懷一笑，很高興陸祈曄看自己了，興奮的用資料夾蹭蹭自己的胸部。

「我知道了，小曄曄，我一定會守護好你最最最重要的設計圖！」

抱緊他重要的資料夾，恨不得揉入懷裡，連上廁所和睡覺都帶著它。

「宋靳羽，不要用妳的身體對我的設計圖做出……這麼猥褻的舉動。」

幸好天色已晚，她看不清楚他臉上的羞紅。

「咦，我、我、我只是太高興了。」宋靳羽沒再動作，仍抱著資料夾。

聊天的同時，兩人已經回到公寓。

維特托站在門口翹首等待室友回來，一看見陸祈曄抱著宋靳臨回來，他驚呼一聲，匆匆忙忙跑過去，擔憂地望著宋靳臨。

「靳臨、靳臨，你哪裡受傷了？那個人有傷害你嗎？」

「維特托，我沒事的，因為蹲太久所以腳發麻，哈哈！」

宋靳羽趕緊安慰提心吊膽的維特托，順便炫耀懷裡的資料夾，「你看，我把設計圖找回來了！啊，但你的腳踏車放在垃圾場入口……抱歉，我會把它牽回來。」

「沒關係。但你真的沒事嗎？」

維特托依然很擔憂，畢竟事情因他而起。他轉頭看向陸祈曄，想從他那裡得到令人安心的答案。

陸祈曄向維特托點點頭，「她沒事，考慮到你們還在公寓等我消息，我趕快抱她回來。」

「靳臨哥！你這樣太莽撞了！」突然，門被推開來，在客廳等待的紀多靜聽見外面有聲音馬上衝出來，一見宋靳臨便叨唸：「幸好不是殺人犯，而是曄哥認識的人，否則你早就出事啦！」

「對不起，讓你們擔心了。」

聽見紀多靜後續的話，宋靳羽更愧疚，同時也覺得奇怪，小偷是陸祈曄認識的人？

「唉唷，真是的！我們不是在責怪你。」紀多靜忽然衝上前捏住宋靳羽的臉頰：「不准再露出這種表情，笑一個。」

「訴，偶豬道啦，口以晃開偶嘛?!」

「知道就好！」得到宋靳羽的允諾，紀多靜滿意的鬆開手。

宋靳羽抬起頭，就見陸祈曄唇角彎起一抹很淡的笑容，剎那，她怔怔的看著，直到他驚覺，才恢復一張冷面。

「先進去吧。」陸祈曄抱著宋靳羽進入屋內，便將她放在沙發上。

「哈啾！」宋靳羽揉揉發癢的鼻子，該不會有人在說她壞話吧？

第五章
熬夜練劍非殺人，也不是要還學貸

「靳臨，我馬上去弄熱茶給你喝！」維特托說著作勢走向廚房，被紀多靜攔住。

「特托哥，我去吧。」

紀多靜也怕維特托連茶都泡不好，讓宋靳臨沒有驅寒作用，反而感冒了。

時節進入秋天，白天和夜晚的氣溫落差很大，宋靳臨在外面待很久，就怕著涼。

「你就別去廚房，乖乖去拿醫藥箱檢查小臨有沒有受傷。」莫里特很乾脆的推維特托去拿急救箱。

宋靳羽看著他們為了自己紛紛忙碌，心中很感動。這時，頭頂傳來一陣輕微的力道，她詫異的轉頭望去，不知為什麼，莫里特似乎很生氣。

莫里特的手臂輕輕環住她的脖子，微微使力把她往後拉進自己臂彎裡。

促不及防的狀態下，背脊輕靠在他胸膛，他身上有股很淡的糖果甜味。

「小臨，妳真讓人擔心。」

「對不起……」

「是對不起我們，妳說——該如何賠償我們為妳擔心呢～嗯？」

莫里特修長的手指從眉毛滑過宋靳羽柔嫩的臉頰，來到唇邊，指尖輕輕掃過她的唇瓣。

「呃，我不知道……對不起，我願意替大家做任何事情！」

「任何事情都可以？」莫里特把頭靠在她的肩窩，熱熱的呼吸吐在她的耳窩。

「唔！」宋靳羽肩膀瑟縮了下，下意識的伸手想要推開他。

原本正想回房的陸祈曄看不慣莫里特調戲宋靳羽，按捺不住握住他的肩膀微微使力，「你去廚房看多靜看需不需要幫忙，我要去樓上拿靳臨的換洗衣服。」

自從得知宋靳羽是女生後，他對自己冷靜自持的脾氣管不太動了。一看見莫里特對宋靳羽動手動腳感到礙眼，更怕宋靳羽是女生的事情曝光。

明明理智告訴他不要管的，卻忍不住插手。

「好吧，小臨，等等再來談談要什麼懲罰哦～該從哪裡開始呢？」莫里特掃興的走向廚房。

太扯了吧，她承認自己太衝動，但莫里特幹嘛說得好……色情的感覺，搭配他那輕佻，如戀人般深情又邪惡的眼神，雞皮疙瘩掉滿地。

很像丈夫回家，看著妻子說：老婆，我今晚想用○○××的方式懲罰妳呢。

陸祈曄和莫里特紛紛離開，不一會兒，端著一杯熱茶的紀多靜來到客廳，略帶傷感地說。

「如果靳臨哥出事，我就吃不到晚餐了！」

宋靳羽噗哧一笑，「原來美食勝過我嗎？哈哈。」

紀多靜調皮地吐了吐舌頭。

「靳臨，腳快抬起來！」維特托提著醫藥箱匆匆跑到她面前。

「好的！」

宋靳羽捲起長褲，讓維特托檢查，一時間，她忘記要提防室友們發現自己的真實性別，在他們面前把褲管捲至大腿，露出又細又白的小腿。

維特托突然呆愣，總覺得膚色似乎更白了，好像跟以往看過的腳不太一樣……

宋靳羽太晚意識到，等到她發現時，才倉促拉下褲管。

不經意間，她發現維特托的臉不知不覺紅了，呆呆地拿著一瓶食鹽水。

剛整理完廚具的莫里特回到客廳，劈頭戲弄道：「看到小臨的腳就臉紅，真的很清純吶。」

「哪、哪有！阿特你不要胡說八道！」維特托面色漲紅，甩開食鹽水，捧著自己的臉頰。

「你該改名叫小可愛了，哈哈哈哈！」

「特托哥臉紅的樣子好可愛，這個時候靳臨哥能趁勝追擊撲倒就好了！」

紀多靜捧腹大笑，只不過這句話讓所有人陷入一陣沉默，歡樂的氣氛走樣。

被看見雙腿而羞怯的情緒被他們胡搞瞎搞忘得差不多了，宋靳羽笑睇著，拿起食鹽水，決定自個兒來。

她可以說，這群人一直在霸凌（？）維特托嗎？

走下樓的陸祈曄就聽見一群人鬧哄哄，把衣服扔給宋靳羽。「我幫妳拿衣服下來了，先去換來吧。」

身後傳來很多不同的嗓音，其中最讓宋靳羽臉紅抬不起頭的是紀多靜刻意上揚的聲音。

「哦～」

說著，他抱起宋靳羽，惹得她驚慌道：「誒，我可以自己走……」

唉，紀多靜一定會大做文章，然後腦補一番。

來到廁所，宋靳羽想關門，卻看見陸祈曄仍站在門邊不走。

正困惑著，他彎下腰，唇湊向她耳邊低聲問道：「現在沒人知道妳是——？」

面對他突然的靠近，宋靳羽害羞的想後退，但背部已經抵上牆壁，無法再後退。

「除了你沒有別人。」她正神正神色，「可是，我總覺得莫里特對我的態度很奇怪，男生之間應該不會做出太親暱的舉動吧？他對哥哥也都這樣嗎？」

「沒有到這麼誇張。」他一手扶著門邊思考，依然靠得很近，近得她能看得清楚他長長的睫毛、輪廓分明的臉龐、幾乎沒有毛細孔的完美肌膚。

「妳受傷的那天，莫里特有和我說過很奇怪的話。」

「什麼話？」

「是……他說他喜歡對妳毛手毛腳是因為對妳心動了。」

「就這樣？」

還有，莫里特也說過他很死腦筋……內心掙扎幾秒，陸祈曄放棄說出來，他不想要被宋靳羽追問。

宋靳羽抓抓下巴，忽然擊掌，「我知道了，莫里特是同性戀，沒想到是真的！」

「妳就沒想到他可能知道妳是女生嗎？」虧她在這危機意識中能這樣聯想。

「因為莫里特不可能知道啊，我從來沒露出馬腳。」

陸祈曄不太相信宋靳羽的說法，以他對莫里特的了解，時常面帶笑容是最難猜出內心想什麼，多數人以為他很愉快，其實不然。

「總之，妳先整理一下。」

陸祈曄退開，轉身揚長而去。

宋靳羽飛速洗完澡，打理好服裝來到客廳。

室友們通通坐在沙發上，氣氛似乎很沉重。陸祈曄繃著冷漠的神色；莫里特翹著長腿面帶微笑；紀多靜專心地低頭滑手機；維特托表情黯然的低首。

「對不起，曄，我不知道他會扔掉你的設計圖……如果我知道他的目的，就不會放他進來公寓，真的很對不起！」

第五章
熬夜練劍非殺人，也不是要還學貸

維特托很難過，如果不是因為一時疏忽，他人剛好在打掃，沒注意對方的目的，設計圖可能就消失了，而且還讓室友差點面臨危險。

宋靳羽這才想起在門口時，紀多靜有提到「今天的人是曄認識的人」。

「請問，那個人是誰？」

「我的大伯。」陸祈曄面色冷靜的說：「陸家雖然是經營遊戲公司，所有權在叔叔身上。而我的大伯、二伯、姐姐都是很有名的劍術高手，年輕時在國外發光發熱，所以我們家族的人很不喜歡我畫畫，堅持想要我培養劍術，然後出國比賽，為家族爭光。」

難怪他會對劍術那麼反彈，不想要依照理事長的要求教導自己……

「你為什麼那麼討厭劍術？」

「是排斥。」

什麼都不知道的她還拚命想讓他答應，故意裝萌想逼他妥協。

唉，她好差勁。

宋靳羽厭惡以前的自己。

經過這次事件，陸祈曄決定拿鑰匙把門鎖上。「下次，我的房間都會鎖上門，鑰匙只有我有。我家的人如果又來，就讓他進來，沒鑰匙他們進不去。」

「那我呢？」她和他同房，沒鑰匙怎麼進去？

「想進房就找我。」

「哈啊？」宋靳羽變了臉色，這樣她不能偷偷摸摸去洗衣服耶，該不會她三不五時就要黏在陸祈曄身邊啊？萬一哪天他無法趕回家，她就得等等等等他回來。

「為什麼不另外打隻鑰匙給我？」

「笨的人容易製造危險。」

不知道為什麼，出於私心或是怕另外隻鑰匙會弄丟，陸祈曄不想答應宋靳羽的要求，讓她在他視線範圍內活動，還不賴。

陸祈曄內心一愣，詫異自己怎會有想常常看見她的想法？

氣憤的宋靳羽壓根沒注意陸祈曄突然變的臉色，一味插著腰說道：「喂，好歹我在垃圾堆裡滾一圈找回你的設計圖，沒有功勞也有苦勞！」

「維特托，這件事情錯不在你，不要愧疚了，設計圖有找回來就好。」陸祈曄直接略過她的問題，安慰維特托。

宋靳羽傻眼，可惡，居然忽略她說的話！

「宋靳臨。」

聽見陸祈曄的叫喚，她口氣很差的應答：「怎？」

「煮飯。」他起身，爬上樓回房。

她是煮飯婆嗎？氣死人了！

深呼吸，仔細想一想，這樣也不錯，有層防護保護設計圖……心中不由釋懷一笑。

第六章 男女間共處一室，除滾床還能談心

後來，鑰匙的事情就定案了。

又過了一周，陸家的人沒有再來，以為成功扔掉陸祈曄心愛的設計圖，殊不知宋靳羽早已將設計圖救起。

陸家沒再來，對陸祈曄來說也好，至少心情不會受家人的影響而變差。

「小曄曄，你晚上幾點回去？要回去要打給我哦，我們一起回去！」

傍晚七點，宋靳羽在訓練場為初賽做準備，偶爾抽個空撥電話給陸祈曄。

連續多天，陸祈曄要忙學生會的事務，有時候忙得很晚，宋靳羽回到公寓時他還沒回來，沒有鑰匙的她很無聊的在客廳發呆，練了一整天渾身無力，只想洗澡完躺在床上睡覺，卻要等他回來才能睡。

痛苦的是，有幾次在沙發上睡著，陸祈曄回來沒有感到愧疚，沒有好心的打把鑰匙給她，而是拍拍她的頭叫醒。

「我知道，不用每天都打電話給我。」

「我怕你忘記嘛，哈哈！」

電話裡的陸祈曄聲音很好聽，低沉又充滿磁性，和面對面聽到的聲音不一樣，她聽著心跳都會不自覺加速。

「我沒有健忘症，老樣子，原地等，知道嗎？」

好幾秒沒等到對方的回應，陸祈曄喊了聲：「喂，宋靳羽。」

「宋靳羽，妳重聽嗎？」他不由加重嗓音。

回過神的宋靳羽喊道：「咦咦咦！我在！」

「……神遊到哪了？」聽筒的那端隱約傳來幾不可聞的嘆息，接著直接掛斷電話。

「沒說再見就掛電話。」

宋靳羽不開心的噘嘴，把手機扔到包包裡，重新拿起軍刀準備對著假人練習。

「你就是宋靳臨？」

一道男性聲音硬生生阻止她正想揮劍的動作。

宋靳羽困惑的朝門口一看，是兩名挑染紅髮和紫髮的青少年，年紀和她差不多，身高比她高出一顆頭。

紅髮少年的表情很不屑，雙手環胸，腳站三七步，一副台客的模樣；紫髮少年則倨傲的揚起下巴，一副我就是老大的踐樣，用很不舒服的眼神打量她。

「你們是？」

宋靳羽覺得這兩人很眼熟，絞盡腦汁想了想，驚呼一聲：「咦，你們是三年B班那兩個男生！」

有一次她在走廊上有聽到其他同學叫著他們的名字。

紅髮少年叫李彌、紫髮少年叫石健，兩個人以前是排球校隊，之後成為劍術社團的一份子，和莫里特說的一樣。

至於是否很會閃，她不知道該不該相信莫里特。

既然是校隊，實力不容小覷。

想至此，宋靳羽繃緊神經，這個時候被對手找上門，鐵定不會有好事。

「是啊，想來瞧瞧同學們口中F4的呆萌王子究竟多強多帥！」

聽到哥哥在F4的囧稱號，宋靳羽覺得全身起雞皮疙瘩。

聽這兩位少年的口氣，分明不是來瞧瞧，而是來找碴。

「那我帥嗎？」

她還在思考究竟要裝傻應付他們，還是嚴肅應付他們。

比賽沒有規定參賽者賽前不能找對手見面，但有規定非賽程時間，絕對不能用軍刀鬥毆，這是違反擊劍比賽的精神。

「啐，生得一張小白臉，帥個鬼！看到就想吐。」火爆的紅髮少年呸了口。

「啊啊，那你吐啊，怎麼沒吐呢？你一直盯著我看，我還以為你對我心懷不軌呢！」宋靳羽反將他一軍。

「好你個白目的宋靳臨！」

紅髮少年氣得臉紅耳赤，只差紅色頭髮沒有像火山爆發轟隆炸開。

見紅髮少年想衝上前毆打宋靳臨，從剛就很安靜的紫髮少年忙拉住，表情高傲的問：「比試一場，如何？」

「比賽有規定賽前不行比試。」

「用這個。」紫髮少年晃著兩手，空蕩蕩的手心沒有任何東西，說明要用拳頭比賽。

宋靳羽凝了臉色，用拳頭比賽不在規定範圍內，只是她不想在賽前浪費體力，這兩人多少是想測試她的身手，或許更陰險點，根本是想打她吧。

仔細思忖了幾秒，她還是搖頭：「抱歉，我不比。」

「如果硬要比呢？」紫髮少年仍然不放棄，放在褲邊的拳頭已握起，隨時都有可能衝上前打一架。

「我會呈報給比賽單位知道，違反對手的意願，造成參賽者受傷，最嚴重會剝奪比賽資格，你們不怕？」

宋靳羽也握緊拳頭，但她的用意不是想打架，而是對一觸即發的對峙感到緊張。

「正如你說的，沒弄傷人，比賽單位拿我們怎辦？」

「宋靳臨是怕了吧，膽小如鼠的小白臉，哈哈哈！」

紫髮少年與紅髮少年一搭一唱的刺激宋靳羽。

不過宋靳羽也不是容易被激怒的人，雖然這兩人說的話聽來很刺耳，但她發誓要在比賽時教訓他們。

「校園鬥毆是不被允許的吧？」

紫髮少年一直不肯放棄，猛鑽宋靳羽的漏洞：「打著比賽的說法，老師們自然會通融我們。」

「所以接招吧，哈哈哈！」李彌邊說著，雙腳大步一跨，直衝宋靳羽。

宋靳羽下意識的想拿軍刀防守，但旋即想起不能在比賽場外使用比賽用的武器，於是忙不迭的扔掉，徒手接下李彌的拳頭。

趁著宋靳羽和李彌過招時，石健也趁勝追擊，來到她後面，張開兩手企圖勒住她的脖子，而面前的李彌則握住她的手腕，左腳往前，輕輕鬆鬆就勾倒宋靳羽。

「竟然兩個一起上，卑鄙！」

第六章
男女間共處一室，除滾床還能談心

宋靳羽怒了，沒想到這兩人居然來真的。

她迅速爬起來，出拳砸向對方，只見李獼彈飛出去，在地上翻滾了一圈，很快的爬起來。

深怕會在比賽前造成對手受傷，宋靳羽出手的力道小了幾分，比起兩個男生的力氣，她的力氣還差的遠，頂多讓他們跌倒，暫時性的痛苦呻吟。

石健摩拳擦掌，朝宋靳羽防不勝防的側臉攻擊——

「想讓我申報給理事長知道？」

陸祈曄的聲音驟地響起在空盪盪的訓練場。

他輕鬆的接下石健這一招，一雙棕色眼眸十分冷淡。

「原來是學生會長。」

石健戒備地盯著陸祈曄，想試著掙開陸祈曄握住自己拳頭的手，卻發現動彈不得。

「陸祈曄！」

看見認識的人，宋靳羽不禁鬆口氣，不用再和李獼與石健繼續打下去，她相信陸祈曄有資格以學生會長的身分解決這件事情。

李獼警惕的看著陸祈曄，「喂，只是比試比試，何必大驚小怪，我們可沒讓宋靳臨受傷，反倒是我狠狠摔了一跤！」

「放手！不要自以為是學生會長，就可以這樣欺負學生！」石健又一次掙了掙。

「我這樣叫欺負？是你們自作主張決鬥。」陸祈曄很不屑的還石健自由。

「學校沒規——」李獼氣憤的張口道，陸祈曄直接打斷。

「是沒有，不過這個時間是宋靳臨的使用時間，閒雜人等不該進入，這是理事長授權，有意見去找理事長。不過你們程度那麼差勁，想申請到獨立使用時間，恐怕很難達成，不如直接換一間更爛的學校比較快，似乎更適合你們，不是嗎？」冰冷的嗓音一針見血的酸了他們一把。

「石健，我們走！」李彌抓起石健就朝外走，離開前拋下一句威嚇的話：「宋靳臨，不要以為有學生會長罩你就可以逍遙，你等著，後天比賽場上見！」

宋靳羽鬆了雙肩，覺得後天的比賽一定是場硬仗了，幸好是一對一比賽，先對上李彌後對上石健。

「妳在跟他們吵什麼？」陸祈曄看向她。

「吼，沒吵！是他們突然來找我，說要比試，我拒絕也沒有用，結果那兩人硬要打。」

「下次再遇到這種事情，打電話給我。」

他的聲音很平靜，比起剛才和那兩人對峙，多了幾分溫度。

宋靳羽露出潔白的牙齒，「一定的！」不過被人絆著很難打電話。

陸祈曄被她盯著渾身不自在，清清嗓子說：「電燈關一關，鎖上門回家。」

「哦好的！」宋靳羽原想蹦蹦跳的跑去整理包包，誰知腰臀有點痛，似乎是剛才摔跤撞到，有點不舒服。

可惡的李彌和石健，走著瞧，她會在場上教訓那兩個目中無人的傢伙！

陸祈曄正站在門口背對著裡面，沒有看見她一拐一拐的走路姿勢。

她不想讓陸祈曄擔心，也不想回家後讓室友們看到，於是緩慢的挪動雙腳，把訓練場所有的燈關一關。

「小曄曄，我好了！」用緩慢的步調走路，就不會痛。

第六章
男女間共處一室，除滾床還能談心

兩人慢慢散步回到公寓，陸祈曄想早點回家休息，但看宋靳羽走路很慢，於是配合她的速度行走。

回到公寓，陸祈曄先去洗澡，宋靳羽把明天要上課的書整理好後，待陸祈曄洗完，捧著衣服進浴室洗澡。

三十分鐘後，宋靳羽推開門，露出一張苦惱的臉。

「陸祈曄……」嗚嗚，怎麼辦，她生理期來得太突然了，沒有帶衛生棉進浴室。

「陸祈曄，你在哪？」

她不敢喊太大聲，怕引起其他室友們的注意，現在全公寓只有陸祈曄知道她是女生，不找他求助找誰？

宋靳羽鬱悶的關上門，待在浴室想了好久，最後用衛生紙暫時墊著，然後趕快去房間拿衛生棉。

幸好包包裡面有放一包備份的衛生棉，她得找時間悄悄溜去大賣場補貨。

一路順暢無堵的溜進房間，這次很幸運的沒有遇上莫里特，陸祈曄也不在房間裡。

宋靳羽跪在行李箱前翻箱倒櫃，抽出一小包衛生棉藏入口袋。

這時，她覺得褲子好像濕濕的，身邊只剩下身上穿的內褲是全新，如果這件無法穿，就沒有別件了。

「慘了……」

就怕在移動時變得更嚴重，她緊張的趕緊脫下褲子檢查，只留一條內褲。

看到沒有滲透出來的跡象，鬆了口氣。正想把長褲穿回去時，門突然被打開了。

「宋靳羽，妳找死——嗎?!」一推開門，陸祈曄聲音自動僵硬，雙眼直勾勾盯住她未穿長褲的模樣，完全傻住了。

「啊啊唔！」

他猛地回神，迅速摀住她的嘴，「閉嘴，不要吸引其他人來！」

因為和宋靳羽共用房間，他沒有習慣敲門，而且宋靳羽知道和男生住在一起，很少在房間裡換衣服，若要換，她會提前告知他，所以他不會特別要求宋靳羽。

然而，就在幾分鐘前，他從一樓上來，朝二樓的房間走去。忽然間，目光被一件白色的衣物吸引住。

一開始，遠遠的望去，他不知道這是什麼，拿起來一看，不敢置信的瞪大雙眼。

宋靳羽的內衣居然掉在地上……

走廊上沒有半個人，他尷尬的撿起她的內衣，藏在外套底下，繃著臉推開門，誰知道宋靳羽在房內沒穿褲子。

宋靳羽覺得兩條腿涼涼的，很想穿褲子，但陸祈曄又在面前，寬厚的手掌心正好貼著嘴唇，完全無法吭半點聲音。

她緊張的想動動嘴唇，柔軟的唇瓣滑過手心，就像羽毛掃過激起一陣顫慄，他倏地鬆手。

「褲子穿上！」他低聲冷斥。

宋靳羽不敢怠慢，三兩下便把褲子穿回原位：「陸祈曄，你怎麼會突然進來？」

「這是我的房間，我不進來能去哪？妳神智不清了，怎可以在這裡換衣服？」

「因為、因為……」

她欲言又止的，生理期的事情很難以啟齒。雖然女生每個月的月事都會來，這沒什麼大不了，但在男生面前，女孩子的矜持很難放下。

陸祈曄一瞪，她咽了口口水，豁出去的說：「我生理期，洗完澡忘記帶棉棉，因為怕衛生紙會透出，所以匆匆忙忙跑回房間。」

「棉棉？」當下，他沒聽清楚是什麼意思。

她紅著臉，低吼道：「就衛生棉啦！」

「哦……」家中有姐姐的陸祈曄知道衛生棉這項物品，他僵著臉色，「就說衛生棉就好了，沒事簡稱做什麼。」

管她啊，她就是很難啟齒咩。

「我要先去浴室換衛生棉。」她低著頭，一口氣越過陸祈曄。

「嗯。」

見宋靳羽離開房間，陸祈曄按住額頭坐在床邊，煩躁的扒扒頭髮，不曉得為什麼，一直想起她未穿褲子的一幕。

用力甩甩頭，他強迫自己清空腦袋裡的紊亂思緒。

幸好她不是未著寸縷，否則他眼睛不知道往哪擺，而且這樣兩人見面也會尷尬。

這樣想，他的情緒緩和許多，視線掃過另一手拿的衣物，他如觸電般鬆開手裡的內衣。

坐著坐著，心情又開始忐忑不安，等等她回來後他要講什麼？

宋靳羽跌到馬桶裡嗎？去個浴室怎麼去那麼久？

還是有什麼問題？

他需要去幫忙嗎？

想起姐姐以前生理期會肚子痛，陸祈曄準備去浴室看看時，門被推了開來，宋靳羽慢慢走進房。

「對不起，明天我會去買芳香劑。」

她一回來就說他摸不著頭緒的話。

「為什麼？」

「呃、呃——」捏著衣襬，她小聲囁嚅：「因為生理期怕有怪味道……」

他沒有聞到。「有嗎？」

「有啦！就、呃，我不知道怎麼形容味道。」那是因為生理期剛來，味道沒那麼明顯。

「……隨便妳。」

陸祈曄再次僵了臉色，和女孩子討論生理期的味道真奇怪，而他還笨笨的問，什麼時候開始對這種話題有興趣？

聽見他冷淡的嗓音，宋靳羽咬著唇，「對不起。」

「與其說對不起，不如搬出去。」說著，他一個翻身倒向床鋪，「我說我不喜歡妳住在這裡就是這些原因，很不方便，突然把妳換去單人房，那群人一定又會懷疑我的動機。」

現在只要人不在房間都會鎖上門，室友們很難進入這間房間。

宋靳羽在房間換衣服並不會被其他人發現，但對他來說很不方便，就像現在這次，意外見著她沒穿褲子的那一面。

「放心的，我不會造成你的困擾，我會拚命噴香水掩蓋生理期味道、換衣服絕對不會在房間換，還有——」

「宋靳羽。」

第六章
男女間共處一室，除滾床還能談心

他拋了個衣物過去，正好砸在她的臉上，讓她閉上嘴。

「呀啊啊啊——唔！」

宋靳羽抓下一看，尖叫聲持續一秒鐘，就被陸祈曄二度摀住嘴。

「馬上閉嘴。」他厲聲警告，神色冷得如冰窖。

宋靳羽心驚膽顫的點頭，「為什麼我的內衣會在你這？」

「還敢說為什麼，如果我沒經過走廊，不知道會被誰撿到。」

「所以……你摸過了？」

一想到陸祈曄用那隻修長的手指摸過自己的內衣，宋靳羽簡直想鑽地動溜走。

「我撿的，難道不會摸到？」

宋靳羽那張白的臉色又突然變紅色，白紅交錯的模樣讓陸祈曄看了直冷笑，現在不該在意他有沒有摸到，而要在意的是下次不能迷糊掉衣！

「真不好意思。」

臉上的熱氣未褪，宋靳羽縮著雙肩把內衣和髒衣服包在一起。

「不好意思的是我。」

「咦，你看起來很鎮定。」

陸祈曄撇撇嘴，她不知道的事情可多了，在走廊撿到她的內衣剎那，他覺得心跳停止，幾乎是靠著毅力，勇敢的撿起來。

「我、我、我去洗衣服。」她認為自己需要去陽台吹吹風冷卻臉上的熱度。

半小時後，門縫溜進一抹光線。

陸祈曄睜開雙眼，沉靜的視線望向躡手躡腳走路的宋靳羽。

「洗個衣服洗去哪？」

她去洗衣服後，他半睡半醒半小時，現下房間有女性，睡眠變得很敏感。

「你還沒睡啊。」

「後天比賽，妳這樣可以？」陸祈曄雙手放在後腦杓，依然躺在床上，但目光是盯著她的背影。

本來他是想以看戲的心態直到初賽結束，可他不知道為什麼，想起姐姐每次的生理期都很痛苦，擔心的話就這麼脫口而出。

「當然可以。」

宋靳羽坐在書桌前，打開瓶瓶罐罐，把保養品抹到臉上均勻推開。

「陸祈曄，你今天不畫畫嗎？」轉過頭，她看向躺在床上的陸祈曄。

乍見她那張小臉抹著四塊乳液，陸祈曄險些笑出來。

「我累了。」洗完澡本想畫畫，結果被她的內衣嚇一跳，靈感都飛到九霄雲外，誰還有心情畫。

「哦，晚安唷，小曄曄～」

難得她今天沒有纏著他繼續聊天，他該要輕鬆的，突然心有點空蕩蕩，沒和她聊天很不習慣。

「宋靳羽。」他坐起身，盤腿坐在床上，整個人都面向書桌。

「嗯？」

叫了她，卻不知道說什麼。陸祈曄腳伸直，重新躺回床上：「沒事。」

宋靳羽搞不懂叫她做什麼，但不礙事。

反而她有話想說：「陸祈曄，那天設計圖被你的大伯偷走時，我還想說……堅持自己喜歡的，不論事情變得如何，你的身後有一大群的朋友們支持著你，還有我哦！」

「那天怎麼不說？」陸祈曄重新坐起，背貼著牆壁。

「嘿嘿，因為我不好意思啦，而且那天話題轉到鑰匙去了。」

「妳臉皮不是很厚？一開始還開口閉口小曄曄，我走到哪妳就跟到哪，還抓著我的手不放，也有不好意思說話的時候。」

那段時間他沒瞧出來，因為以前宋靳臨常幹這種事情。不同的是，對於她的觸碰，意外產生一種心跳加速的感覺。

「那是因為你不知道我是女生。」

她壓低聲音，即使在自己的房間內討論這個話題，也怕被外人聽見。

「在室友們面前，妳常接近我，也是為了扮演妳哥？」一股很悶的情緒卡在胸口，教他很難受。

「一半一半啦。」她思忖幾秒，口吻煞有認真的說：「因為你知道我的性別，在我眼裡你很安全，而且你人不壞，明明很冷漠，又不想理我，嘴巴有時候有點賤，可是你有溫柔細心的一面。」

「妳到底是在誇我還是損我？」陸祈曄害臊的撇過臉。

「哈哈，我還沒說完啦！你會很貼心的把我拉進內車道，設計圖遭竊的那天，你很生氣，可是會在我腳麻的時候抱我回家，還有我在訓練場遇上李彌和石健時，及時出手相救，有時候凶巴巴，但很為我著想，我哥說你是個好人。」

越聽越覺得臉很熱，熱氣湧上整張俊臉，陸祈曄只覺得宋靳羽病得不輕，他哪有那麼好。

「誇大了！」

曲起膝蓋，他索性用手掌托著下巴，剛好能遮住熱氣沖天的臉。

「真的嘛！」

宋靳羽為了想證明自己說的話，蹦蹦跳跳跑到陸祈曄身邊，一時間忘記男女有別，直接跳到他床上。

少女令人措手不及的舉動讓陸祈曄瞪大眼睛，剛洗完澡那薰衣草的香味縈繞鼻間，彷彿催化劑一點一滴牽動他的心緒。

他覺得自己呼吸加速，狼狽的改用靠近她的那手托住下巴，遮住臉紅的左頰。

「咳，早點睡吧。」

宋靳羽完全未察覺陸祈曄僵硬的那面，死皮賴臉的窩在他床上，雙腿弄亂他的棉被。

「別這樣嘛，不如我們今天徹夜聊天，談心事也不錯。」

一開始是呼吸加速，現在則是心跳如脫韁的野馬奔騰不止。他咬著牙根，嗓子因為緊張而變得沙啞。

「下去，宋靳羽，我是男生。」

無視於他的警告，她依然傻裡傻氣的回：「哈啊？所以？」

「所以——」

他握住她削瘦又窄的雙肩，將她推倒在床上，用手腳困住她。

「這樣妳不害怕嗎？孤男寡女共處一室，尤其在這美麗的夜晚……」充滿磁性的嗓音沙啞地說。

宋靳羽瞬間呆了。他整個人都壓在她身上，俯看著她。

「我早就警告妳，妳腦子裡裝糨糊嗎？在這裡，妳要有危機意識，比我危險的人多的是。」修長勻稱的手指邊說著，緩緩游移到她胸口，解開第一顆鈕扣，「像這樣對妳做出這種事情的人，大

第六章
男女間共處一室，除滾床還能談心

有人在。」

燈光昏暗，注視著她的棕色眼眸一片漆黑，眸色很沉，整個環境充滿曖昧的氛圍。

「陸祈曄……」宋靳羽緊張的握住他想往下解開第二顆鈕扣的手。

兩人的關係在這一刻回到他揭發她祕密的那天晚上，曖昧且危險，游走在懸崖邊緣，隨時都有可能跌得粉身碎骨。

他的手緊緊包覆住她的，能感覺到，她正在顫抖。

也許是因為被壓著，亦或緊張，她覺得空氣稀薄，小嘴微張想要撈些空氣進來。

然而這一個小動作，彷彿準備好讓人一親芳澤。

陸祈曄情不自禁地伸手撫過她的脖子，將她散亂在耳邊的髮絲勾到耳後。

思緒、心跳亂得一塌糊塗，脖子和耳後的搔癢感讓她快要窒息，她受不了，開始嘗試地推他。

「陸祈曄，你做什麼？」

嬌柔的嗓音彷彿是一把火燒進他心底深處，陸祈曄又朝她湊近幾分，噗通噗通的心跳如擂鼓在腦海裡敲響。

「還不懂嗎？我在教訓妳。」

耳邊，是他沙啞又暗沉的嗓音。

「教訓？」

「我說的話，妳有聽進去多少？」

「啥？」她瞪大眼，滿臉呆滯。

他露出敗給她的神色，指尖輕輕一挑，解開第二顆鈕扣——

看見她張口想尖叫，他忙警告：「不准叫，如果妳想讓其他人知道我們現在這個樣子，就儘管叫好了。」

誒誒誒?!他到底在說什麼，這句話怎聽起來很曖昧啊。宋靳羽不禁想歪了。

宋靳羽下意識的抿起嘴巴，被其他人發現還得了，在外人眼裡他們是男生。

她不想把哥哥塑造為同性戀啊！

他身體的熱度透過薄薄的衣物鮮明的傳達過來，使得她身體也跟著熱起來。

「可、可是……你到底在幹嘛？為什麼要、要解我鈕扣？」

宋靳羽自知，彼此連男女朋友都不是，還沒發展到滾床的地步，她不明白自己的心意，更不知道他真正的心意。

可是他卻直接晉級到這一步。

心，因為他摸不著頭緒的行為而一陣抽痛。

「看清楚，我是誰？」他扶住她的下巴，棕眸一瞬不瞬盯著她突然轉為黯淡的臉。

「陸祈曄啊！」

他微微勾起左邊的唇角，很滿意她沒神智不清亂回答。

手掌在她驚愕的目光下，覆上她胸前的柔軟。

「心跳，跳得很快。」

自己的生理特徵被他揭發出來，宋靳羽臉騰的紅了，都是他的行為讓她變得不像自己，受到蠱惑般順著他的行為而心慌。

「你你你你……！」

第六章
男女間共處一室，除滾床還能談心

緊密貼在胸口的手掌使她全身的毛都炸開了，神經繃到極致。

「三更半夜，爬上我的床……我都說我是個男生了，這樣的意思妳該明白吧？」

又挑開第三個鈕扣，他將她領口往兩邊撥，炙熱的目光掃過她裸露出來的鎖骨，和隱約暴露的束胸，最後盯著她紅得像顆蘋果的小臉。

「陸祈曄，我們不可以的！」

宋靳羽大叫聲，用力地曲起膝蓋狠狠往他下身踹去。

幸好陸祈曄閃得快，只有大腿附近遭殃。

宋靳羽連忙爬下床，卻一時沒踩好，直接從床上摔下來，下巴重重的敲在地板。

「啊啊，痛痛痛痛死了。」

扶著似乎瘀青的下巴爬起來，迎上陸祈曄那張陰沉沉的臉，她不禁冷汗直流。

「宋靳羽！」

「對補氣！」正揉下巴的她口齒不清晰的道歉。

陸祈曄的臉色依然陰沉，看來她的道歉完全沒有用。

這時，他忽然朝她伸出手，宋靳羽嚇得又大叫了聲：「呀啊！你要做什麼？」

她伸手想擋，陸祈曄偏繞過，直接捉住她的衣領向自己面前扯去。

「記住，不要在三更半夜爬上男生的床，就算是認識的也不行，眼睛放亮點。」邊說著，他手指靈活的替她扣起釦子。

原來是幫她扣釦子，宋靳羽鬆了口氣，還以為又要被抓上床……

「所以剛才你是在教訓我？」

她剛才到底有沒有在聽他說話？陸祈曄冷冷地瞪了一眼，撇頭不想再說話。

看來是真的了。宋靳羽從他臉上的反應能猜得出來，可是不知怎的，知道他不是因為喜歡而對她做出這些舉動，有點失落。

「我還以為你按捺不住了耶，哈哈。」想緩和尷尬僵凝的氣氛，宋靳羽傻笑的整理衣服起身。

像是被人戳中內心之事，陸祈曄身子一震，啞著嗓道：「我沒有到飢不擇食，會選擇穿束胸的小鬼。」

呿，被一個年紀相仿的帥哥這樣說，說不難過是假的。

宋靳羽覺得自己的臉色越來越難看，也許是生理期的關係，或是他一針見血的話，她的情緒很不穩定。

不想讓他瞧見她難過的那一面，宋靳羽迅速回到自己的床鋪，經過好長一段時間的沉澱，終於清空剛才的臉紅心跳。

「陸祈曄，你想做服裝設計師？」不知道床下的人睡了沒，她還是問出口。

很快的得到對方的回應：「不排斥。」

他的答案令她莞爾一笑，以為他會說：想。

「那我要當你的頭號粉絲！」

頭號粉絲……如果有那麼一天，他當成設計師，她依然記得就好。

有些興趣是難以當夢想，因為沒人能肯定這項興趣能養活自己。

腦海忽然想起很常被人拿來討論，卻始終沒有正確答案的問題，他本身對這問題仍然沒有答案，不曉得宋靳羽會選擇什麼？

陸祈曄開口問道：「宋靳羽，愛情和麵包，妳會選擇哪個？」

「哈哈哈，沒想到你居然會問這種問題！」

這個問題她之前也在網路上看過，那時候沒認真思考。

「快回答我。」

聽出他嗓音裡嚴肅的成分，宋靳羽沉默了會兒，啟唇道：「……愛情吧。」

陸祈曄提出質疑：「為什麼不是麵包？麵包可以供妳一輩子不愁吃穿，但選擇愛情，沒有麵包是很沉重的，因為人可因為沒有愛情而活，卻不能沒有麵包存活。」

宋靳羽從床邊探出頭，往下看，對上他同時抬起的眼眸，「小曄曄，你會想買一塊長得很醜又禿頭和啤酒肚的女人，雖然這女人能供你吃穿，但你愛她嗎？」

這種女人看了倒胃口吧。陸祈曄皺眉，很果斷的回答：「我不會因為存活而去買自己討厭的東西。」

她笑了，很樂觀天真的說：「嗯呀，我跟你的想法一樣哦，雖然沒有麵包的愛情沉重，但我相信兩人在一起只要相愛，一定有辦法解決所有問題！」

這年紀選擇愛情不意外，然而讓出社會的人選，答案未必是愛情。

不過宋靳羽反問的話，讓他迷惘的內心似乎清晰許多。

誰會願意去選一個討厭的東西？

亦或，誰會願意放棄興趣，被逼著學習、永遠經營另外一項專長？

可是現實生活中，不是討厭或不買就可以解決的。

陸祈曄嘆口氣又問：「假如沒得選，必須買不喜歡口味的麵包，妳會怎做？」

宋靳羽躺回床上，直覺回道：「那就把麵包扔了唄，找一塊自己喜歡的，麵包那麼多，總會找到喜歡的口味，麵包店店員又不可能逼客人買。」

不知怎的，她覺得陸祈曄這些問題似乎背後有某種含意，愛情和麵包是很難抉擇的。

正如他喜歡畫畫，卻一直被陸家人逼著學習劍術，劍術能帶給他很多錢財，畫畫卻得經歷一段時間的煎熬，能否出頭天還得靠能力和時機。

但她就是不想看到他不快樂，很想看到他繼續畫畫，於是她開口鼓勵：「陸祈曄，我都堅持下去了，所以你也要堅持下去，走自己想走的路，雖然很多人會覺得興趣無法當夢想，但沒有人想過夢想是建築在興趣上，努力讓他們誇目相看，儘管這段路痛苦和漫長，別忘記有很多人支持你，你一點都不孤單哦！」

說完後，床下的人沉默很久，久到她以為他已經睡了，或是不想理她。

就在閉上眼準備入睡時，終於聽見他冷漠的嗓音說出關心的話語：「廢話，不用擔心我，擔心妳自己。」

「嗯嗯～小曄曄人最好了，晚安！」

好個鬼！也只有宋家呆兄妹會發他好人卡。

找到一塊喜歡的麵包啊……聽起來容易，但實際找起來仍需時間。

宋靳羽表面看起來呆呆的，腦袋的思路卻十分清楚，懂得自己想要的是什麼，勇往直前努力著，而他還停留在原地。

想起她那憨直、可愛的笑容，心裡好像有一股火燒起來。

陸祈曄將身體翻向正面，神色痛苦的閉上眼，胳膊放在眼前，鬱悶的嘆口氣。

第六章
男女間共處一室，除滾床還能談心

右手掌依稀殘留著撫上她胸前的柔軟觸感，這是他做過出乎意料的行為，沒有經過大腦思考，手已經自行行動了。

剛才他很緊張，原本只是想教訓她一下而已，結果碰上她的肌膚、聽見她的聲音，猶如星火燎原般把理智快燒乾淨，體內的火經過時間的流逝，沒有完全消失殆盡。

他、快、不、行、了！

床鋪上方傳來均勻的呼吸聲，顯然已墜入夢鄉，他不禁一掌打向自己的臉。

宋靳羽居然睡得不醒人事！

清醒點，陸祈曄，不要在這個時候像情竇初開的小夥子！

第七章　冷傲男的初體驗，隱藏版的溫柔心

直至昨夜半夜兩點陸祈曄才睡著。隔天早上六點多起床，嚴重睡眠不足。

他坐在床邊沉靜思緒，腦海不經意又想起昨晚宋靳羽被他牢牢壓制身下害羞臉紅的模樣，或是她甜甜笑著，喊著小曄曄……

煩躁的情緒讓他把自己的頭髮抓得跟瘋子一樣！

倏地起身，陸祈曄帶著胸腔難以散掉的鬱悶走向衣櫃。

嗯，慢著。

他退回到床前，面無表情看著床上鼓起來的棉被，宋靳羽還在呼呼大睡。

「宋靳羽，妳又忘記要早起買早餐。」他打開燈，一把掀開棉被，藉著光源刺激宋靳羽。

「宋靳羽、宋靳羽?!」

只見她側躺睡覺，嬌小的身軀縮成一團，額頭冒出涔涔冷汗，兩條眉毛深深擰起，兩手按著肚子。

他摸了一下她的額頭，沒有發燒，但她究竟怎了？

是因為生理期的關係嗎？

以前他看過姐姐因為生理期痛得站不起來，躺在床上睡一整天，吃顆止痛藥才睡著。

他沒察覺自己很擔心，語氣焦急地道：「宋靳羽，醒醒！」

「唔？」模模糊糊聽見陸祈曄的嗓音，她緩緩睜開眼，嗓子很啞：「陸祈曄，早安……」

第七章
冷傲男的初體驗，隱藏版的溫柔心

「肚子不舒服？」

「嗯……陸祈曄，是不是早上了？」她有氣無力的應答，重新閉上眼。

一波接著一波的絞痛讓她無法下床，甚至躺著都會覺得腰快斷了，身體直發抖。

「嗯。」

「對不起，那早餐……大家都在等我吧。」她掙扎的想爬起來，很快的被陸祈曄推回床上。

「妳繼續休息，我會找個理由說妳發燒生病，大家會體諒。」看她身體打顫，陸祈曄狐疑地問：「妳會冷？」

「還好，因為痛就一直顫抖。」

陸祈曄見她狀況好像很不樂觀，「我送妳去醫院。」

他伸手想抱起她，誰知她一把推開，搖搖頭說：「不用，包包裡面有止痛藥。」

陸祈曄替她拿出止痛藥，倒杯溫水回到床邊，溫柔的扶她坐起，把藥丸遞到她唇邊。

宋靳羽感到窩心，她早就知道陸祈曄其實很溫柔，然而真正接受他的貼心溫柔還是第一次。以前住宿舍時，同學們不一定有空這般照顧她。通常肚子鬧疼或發燒，只得一人躺在床上休息。害她忍不住想撒嬌。

「陸祈曄，可不可以幫我請假？」

身體虛弱的宋靳羽讓陸祈曄心中泛疼，看她用雙泛著迷濛的眼神望著自己，他不好意思的撇過臉，低聲道。

「不用妳說我也會替妳請。」只有他一人知道她真正情況，不幫很不厚道。

「那太好了！早餐部分你也會替我買給大家吃嗎？」

「妳想要自己買我也不反對。」

宋靳羽燦爛一笑，「謝謝。」

「妳……每個月都這樣？」痛到只能躺在床上睡覺？

她搖頭，「沒有，可能是這個月比較累，作息不正常。呃，陸祈曄，我想請你幫我買棉棉，因為我內褲只剩下身上這件，髒掉就糟糕了，另外一件正在洗，晚上才會乾，所以……」在男生面前提到衛生棉的事情，她很害羞。

陸祈曄以為自己聽錯了，就算家中有姐姐，他從來沒有幫姐姐買過，都是姐姐自己去買，或是媽媽替姐姐買。

現在宋靳羽的意思是要他去買？

他沉默數秒。

宋靳羽知道麻煩他買衛生棉很不好意思，可是不知道找誰。

現在她的身體不舒服，無法出去買衛生棉，找多靜就得把女生的身分坦白，要陸祈曄請多靜買，也會被多靜懷疑。

最後，剩下的方法只有讓陸祈曄自個兒去買衛生棉。

「不要。」他買不下手。

「陸祈曄……」

「一定……要我去？」

「陸祈曄，沒人可以幫我……」

望著她那小鹿般的眼神，陸祈曄頓時心頭一陣悸動和心軟。

「我……知道了。」聲線僵硬的說。

買衛生棉，比設計骨架還難，是個很好的挑戰。

陸祈曄換件外出的衣服走出房間，和已經起床、梳洗完畢的室友們告知宋靳臨發燒的狀況，便去外頭買早餐，還有令人頭疼的衛生棉！

他戴著鴨舌帽步出公寓，先去買完熱騰騰的早餐，然後進入賣場，晃到衛生用品區。架子上放滿各種品牌的衛生棉，他忽然想到宋靳羽根本沒跟他說要哪種牌子。

架子上陳列著各種琳瑯滿目的品牌，有藍色、綠色、粉紅色等包裝，還有分不同的尺寸。

他拿出手機想撥電給宋靳羽，卻想到這時候她不舒服應該正睡著。

遲疑了會兒，他該打電話打擾嗎？

「小夥子，借過一下。」

陸祈曄被突來的女性聲音嚇了一跳，忙讓出位置。只見一位中年婦人從架子上拿下一包深藍色包裝的衛生棉。

「請問有事嗎？」婦人見他用愣愣的眼神看著她手裡的衛生棉，好奇詢問。

「沒、沒事。」

「哎唷，好貼心，你要替女朋友、媽媽，還是姊妹買？」婦人見他年紀輕，只有十八歲，想必不是為了女朋友就是為了家中的女性而買。

呃，女朋友？

下意識的，他把女朋友和宋靳羽連結在一起。

可是宋靳羽不是他女朋友……

裡的藍包裝衛生棉稱讚。

不知怎的，聽見婦人說「女朋友」的稱呼，他的心跳又不規律加速了。

「是姐姐……」他撒謊了。

婦人又問：「不知道選什麼？」

看他尷尬又皺著眉頭，婦人瞭然的說：「我家人都喜歡用有翅膀的，這牌子不錯用！」拿著手裡的藍包裝衛生棉稱讚。

「翅膀？」他聽了一個頭兩個大，這又是什麼？

「喏，就是兩邊有這個東西。」婦人將手裡的衛生棉遞到他眼皮子底下，指著包裝上的圖案。

陸祈曄只覺得耳根子很熱，下意識的往後退一步。

「俊俏的帥弟弟，試試看這家的啦！好吸收，又透氣，不悶熱、很貼身，然後主要看需求是幾公分，這家牌子的話——」婦人從架子上拿下一包粉紅色包裝，「有二十四公分，藍色是二十八公分，還有深藍色是夜用三十八公分，睡歪不怕外漏。」

「你姐有說要買哪個尺寸嗎？」

「沒有……」就是因為沒有，他才站在這邊苦惱。

「她生理期剛來？」

陸祈曄點了下頭，婦人把藍色包裝塞到他手裡。

「量多，不如選藍色二十八公分吧。」

陸祈曄手指僵硬的拿著，手裡柔軟的觸感讓他背脊瞬間緊繃。

「如果不放心，就買三十八公分，不怕外漏。」

省得麻煩。

「嗯。」陸祈曄仔細想了想，怕宋靳羽又叫他出來買，乾脆一次買足，各種顏色都各買兩包，

「帥哥，祝你購物愉快，我先走啦！」婦人開心的提著籃子離開。

留在原地的陸祈曄懊惱的一手壓著臉，他在幹嘛……

竟然在跟婦人聊衛生棉的牌子。

對了，內褲要順便幫宋靳羽買？

她說她內褲只有兩件，萬一沾到，很有可能又是他去跑腿……

雙腳不知不覺晃到內褲區，他緊張的握起出汗的手心，可是宋靳羽沒要他買，買了會不會多此一舉？

陸祈曄為了避免又遇到好心的大媽，趕緊挑了幾件扔進籃子裡，然後拿了幾包沖泡式薑茶，急匆匆的走向結帳台。

結帳時，他買個不透明的袋子放入這些物品，心裡很糾結。

陸祈曄，你什麼時候變那麼聽話……

不是很討厭宋靳羽住在公寓嗎？

他發現自己對她的偏見越來越少了，否則不會出現在這裡買女生用品。

「我回來了，你們先吃，我等等就來。」

回到公寓，陸祈曄把早餐扔給他們，多花一些時間去買衛生棉，室友們已經等的不耐煩了。

「曄，你那袋是什麼？」莫里特以為是吃的，好奇的跑到陸祈曄身邊打轉。

「我個人用品。」幸好進屋前，他已經將袋子綁緊，只要不打開，外人看不到裡面物品。

「呵呵，是嘛。」莫里特笑得很曖昧，誰會沒事一大清早就去量販店採買物品，他和宋靳羽究竟在搞什麼呢。

陸祈曄回到房裡，順手把門鎖起來，避免有人突然闖入。他把袋子放到角落，打量正睡著的宋靳羽。

「陸祈曄？」淺眠的她忽然驚醒，揉眼看向站在床邊的人。

「幫妳買回來了。」

「哦，謝謝，小曄曄辛苦了。」

陸祈曄繃著一張臉，心中暗想：是真的很辛苦，為了衛生棉和婦人討論。

看見宋靳羽掀開棉被，臉色蒼白的她想爬下床，陸祈曄皺起眉頭，「妳做什麼？」

「差不多要上課了，我想一想還是不要請假，這樣會扣到哥哥的全勤。」

陸祈曄一時語塞，該怎麼說，宋靳羽的牛脾氣居然在這時候發作，「妳今天休息，為了三天後的初賽補充睡眠和體力。」

「睡吧，上課筆記不用擔心。」一邊說著他將她推回床上。

宋靳羽愣愣地看著他，很罕見看他語氣溫和的勸人，她很喜歡聽他溫柔的口吻。

陸祈曄變得好像不太一樣了，有在關心她。

好開心！

宋靳羽笑咪咪的蓋好被子，「小曄曄的筆記一定很棒，期中考不用擔心了！那可不可以當我的家教老師？初賽後馬上是期中考，我都還沒讀熟。」

「不要得寸進尺。」他的聲線馬上沉下。

「小曄曄～」她不依不撓的扯住他的袖子。

「放開。」偏過臉，他用著冷硬的嗓子道。

「拜託！」她索性捉住他的手。

「宋靳羽！妳又想嘗嘗昨晚的事情嗎？我說的話妳都忘了？」

他轉頭，宋靳羽頓時迎上他海眸中沉沉的眼色，心跳又亂了秩序。

「好吧，那你跟幫我跟大家說，謝謝關心。」

他詫異，「大家？」

「嗯，全部人都進來過。」

陸祈曄扶著臉，無力的說：「妳不是說怕有味道，還讓他們進來。」

「門沒鎖，他們知道我發燒當然會來探望我啊。」宋靳羽用著「誰叫你不鎖門」的責備眼神看著陸祈曄。

好吧，他忘記去買早餐前先把門鎖上，這部分是他的錯。

陸祈曄等室友們都去學校後，寫了張紙條放在電鍋旁邊才出門。

公寓的室友們都去上課，原本熱鬧的環境頓時只剩下她一人。

在安靜的公寓內，宋靳羽覺得這是很特別的經驗，難得她一個人待在公寓。下午五點後，室友們就會回來，屆時公寓十分熱鬧。

睡到中午，肚子已經沒有那麼痛，宋靳羽怕再睡下去晚上會做夜貓子。

本想外出買中餐，意外的發現電鍋裡有煮好的稀飯和菜，餐桌上留著陸祈曄的紙條：

幫妳煮好中餐，睡飽後起來吃，吃完記得喝薑茶，聽說熱毛巾熱敷肚子效果不錯，可以試試。

曄。

陸祈曄居然會料理食物！

真是太過份了啊，每天催她去煮菜，其實他根本會煮，而且還煮得很好吃，讓她一口接著一口吃得很開心，心裡很暖。

用完中餐，端了杯熱薑茶的宋靳羽回到房間翻出今天早上陸祈曄幫她買的衛生棉，翻著翻著，竟從袋子裡拿出兩條內褲，一條是蕾絲邊花紋；另外一條則是玫瑰花紋。

這花紋——難道是陸祈曄喜歡女生穿的款式？

呃，超級特別！

她慌張把兩條內褲收起來。

陸祈曄在幹嘛啊，她又沒說要買內褲！

該不會是因為她提到只剩下身上穿的這件，怕弄髒沒有替換內褲，所以才買了？

沒想到陸祈曄那麼細心，連她隨口說的話都記得。

讓一個男生替她買私密的衣物，心跳加速、呼吸急促、臉熱到像煮沸的開水。

※　※　※

宋靳羽的身體在第二天恢復差不多，生理期剛來的前兩天特別痛，之後幾天趨於平緩。

從陸祈曄買內褲那天後，她只要一見到他，就會開始幻想他站在內褲區挑選內褲的畫面，很難想像繃著一張面癱臉的他，臉上定有精彩萬分的表情。

她很好奇，陸祈曄是否喜歡蕾絲花邊和玫瑰花邊，可是不敢啟齒問他。

畢竟叫一個男生去買女生私密用品就很害羞了，於是她裝做不知道，那兩條內褲依然沒有機會使用，被她收入衣櫃藏著。

第二天晚上，宋靳羽早早上床睡覺，為了明天的初賽儲備體力，生理期間變得很嗜睡，隔天早上來不及替室友們買早餐，最後讓他們自己去學校買早餐吃。

初賽的場地在宋靳羽練習的訓練場，前一天學校已封鎖場地進行布置。

校內同學可以坐在二樓進行觀看，一樓則為參賽者準備的地方及裁判的專屬評分位置。

還沒輪到她，後台鬧哄哄一片，只要不影響比賽進行，每位參賽者的同學都可以進入後台內替參賽者加油打氣。

「靳臨，比賽加油！」維特托雙手握拳，笑咪咪的鼓勵。

宋靳羽配戴好護具，坐在後台等待。她很緊張，這場初賽絕不能輸掉，必須進入年底二審賽，既然哥哥將重責大任託付給她，不能讓哥哥失望。

莫里特親暱的勾住她的肩膀，「小臨加油，我們這幾天犧牲早晚餐就是為了妳呢~若贏了比賽，晚上一定要煮頓豐盛大餐哦！」

「那輸了怎麼辦？」維特托問。

「輸了還是要煮。」

聽見莫里特的回答，宋靳羽傻眼。

喂，所以她是煮飯婆就是了?!

「靳臨哥，這幾天你那麼努力，一定可以順利闖進二審賽的！」

「宋靳臨，過來。」她手突然被陸祈曄握住，往他那兒輕輕拉去。

陸祈曄不知道何時穿上擊劍專用的金屬電衣，保留頭具沒有配戴。

「試試看這個。這把使用次數比較多，握柄處也比較好握。」他扔給她一把軍刀，造型與其他軍刀略顯不同。

陸祈曄拿著另外一把，輕輕地在刀背上做劈砍的動作。

宋靳羽嘗試揮刀，的確比原本手裡拿的新刀好用。

陸祈曄瞇起眼，突然揚手朝宋靳羽手中的軍刀攻過去，驚得她反應及快的抵擋住，剎那間，一股強大的壓迫傳來，她的手不由鬆了鬆。

「陸祈曄，你做什麼?!」

「測驗妳的反應，很糟糕。」他隨性的把手中的劍放回原位。

宋靳羽終於明白他剛才的舉動。深呼吸，漾開笑容：「謝謝提點。陸祈曄，我會努力讓你刮目相看！」

「嗯，比賽加油。」他唇角很罕見的勾起一抹很淺很淺的笑容，看得她目光發直。

陸祈曄轉過身，她正想說話時，廣播響起：「請第七號參賽者——宋靳臨上台。重複一遍，請第七號參賽者——宋靳臨上台。」

「我先出去了。」她向所有人說道。

比賽使用的劍皆為軍刀，基於保護學生的安全，需要穿上專用的金屬電衣，比賽進行期間，衣服和軍刀上會繫上傳書電子信號的電纜，方便計算分數。

她抬頭望向二樓的方向，尋不到陸祈曄的人，視線又轉向一樓舞台附近，終於在聚光燈旁找到他的人。

他挺直背脊佇立在顯眼的聚光燈旁，從這個方向看去十分顯眼。此刻他的表情很平靜，內心想來也是如止水般，如果不是看見他微微挑起的嘴角，她以為只是一抹影子。

想起上場前，他在後台給予的鼓勵，心頭一陣暖意滑過。

陸祈曄……

她會贏得初賽，請看好了。

「幾天不見，你臉色更差了啊，哈哈哈！是不是看到我害怕死了？」

李彌扠著腰，抬頭挺胸地站在舞台上。

宋靳羽轉眸看向李彌：「你看我的表情像是怕你嗎？」

宋靳羽的表情很嚴肅，面對李彌的挑釁，冷漠無任何絲毫波瀾，就像陸祈曄時常繃著一張臉。

「速戰速決，我準備好了。」她向台邊的裁判喊道。

她很怕動作太大，導致外漏，所以在比賽服裝內穿上一件黑色褲子。

訓練場內雖有開冷氣，但她穿那麼多，覺得屁股悶熱，很不舒服。

她想盡快解決李彌，好進入下一場和石健的對決。

「我也準備好了。」見宋靳羽懶得跟他說話，李彌臉色很臭，調整預備出進擊的姿態。

「比賽開始！」

裁判話音落下，李彌馬上動身，拿著軍刀朝她刺擊過來，而她也揮刀砍過去——

兩軍刀撞擊瞬間發出清脆的聲響。李彌加快步調，一陣猛烈的攻擊，逼得宋靳羽疾步往後退，頑強防守。

宋靳羽沒有想到李彌的速度十分地快，逼她只得凝神抵抗刀尖的襲擊。輕敵的李彌沒料到她竟然能有條不紊的接下每一個招數，在他始終觸及不到身軀或頭部的部位，稍微停頓一下，心神突然慌亂，腳步停止，攻擊權立即轉移到宋靳羽身上。

宋靳羽逮住時機，凝神全力反擊。

豈料，她剛擊退李彌，想爭取時間退離。李彌的速度更快，又一招劈來，宋靳羽想閃時，對方卻比她的速度快一步，刀刃劈落一道閃電般的弧度，下一秒刀背打中她的身軀。。

「宋靳臨，我說過我會讓你後悔！」

隨著李彌獲得的分數越多，來到第二回合，宋靳羽感受到前所未有的急迫。

她不可以在這裡輸掉！宋靳羽咬牙翻過身，提劍抵擋他揮劍而來的攻勢。

再次，揮劍過去，他劍身反轉，輕而易舉用刀背抵擋。

她緊緊蹙起眉毛，讓自己冷靜下來，攻擊狀態轉為防守狀態，用盡全力硬撐。

李彌笑咧嘴，「沒辦法對付我嗎？哈哈哈！看招！」

進行到第三回合，李彌因為長時間的消耗力氣，體力逐漸減少，造成揮動軍刀的靈活度不如稍早前。

宋靳羽知道已消耗他不少力氣，這時逮住機會，撥擋他的刀身，趁機還擊，拿到攻擊權後，加快自己的速度，讓他防不勝防，刀尖敲上他的身軀。

「唔！」他悶哼一聲。

趁著李彌專注渙散，宋靳羽輕盈地踏著小巧的步伐，分別用刀背、刀尖一口氣獲得多分。

「啊！」李彌因宋靳羽勢如破竹的氣勢退無可退。

在宋靳羽最後一擊下，結束這場比賽。

「比賽結束，勝利者是七號，宋靳臨同學！」

贏了！

宋靳羽高興的咧開嘴，下意識的轉頭望向陸祈曄的方向，卻沒有捕捉那抹挺拔的身影。

人呢？

難道他沒看到嗎？

她心中一陣失落。

※　※　※

場內的宋靳羽因為陸祈曄的離開而感到沮喪。

對陸祈曄來說，並不是比賽結束才離開，而是在宋靳羽將李彌擊倒時，他身邊突然出現陸家的人。

這位人物讓陸祈曄的好心情瞬間跌盪到谷底，很怕情緒上來，忍不住向對方大小聲。所以為了不被其他的同學關注，他和這位陸家人來到訓練場外的一棵樹下談。

心情極差的陸祈曄一停下來，直接酸溜溜道：「大伯，這種日子你來做什麼？現在你應該坐在辦公室吹冷氣吧。」

梳著復古型油頭，穿西裝的男人繃著一張清冷臉色，說話的口吻流露出一絲不屑，「當然來看比賽，剛才台上叫宋靳臨的小子實力不如你，如果你去參加比賽，絕對勇奪冠軍。」

陸祈曄懶得否認，大伯說的確實無誤，「她的確不如我，速度、反應、攻擊力道都沒有掌握很好，但她有一點贏我。」話聲頓了頓，接著道：「堅持和勇往直前的勇氣。」

大伯聽了隨即冷哼了聲，伶牙俐嘴的反駁：「那種東西不是專業技能，會隨時間淡化，總有一天，那小子會感到疲憊，會開始覺得厭煩，最後耐心會磨光變得一無是處，能真正幫你生活下去的是你的專業，這項專業是誰都無法取代！把興趣當夢想是很愚昧的！」

「你爸媽的夢想就是成為劍術專家，他們無法實現的夢想，很希望由你來幫他們實現，從小便花大把精力栽培你，而你現在在做什麼?!」

他的嗓音很大，大到陸祈曄總覺得，大伯依然不放棄對自己洗腦。

「我在做我想走的路。」陸祈曄竭盡所能淡然地回覆。

「現實生活並沒有你想像中的完美，正如餐廳服務生，上菜點餐誰都會，想應徵的人街上滿街跑，畫畫誰都會畫，可是你劍術的技巧是很難有人能模仿。」

陸祈曄不否認，但很難接受他的論點：「你說的都對，但是我不想照著你們為我設計好的生涯規劃行走，雖然路途會遇到很多不如意的挫折，但身邊的朋友會默默扶持我，只要有人支持，我就有動力繼續下去。」

「這年紀最會幹的事情就是——叛逆。」說到這兒，陸祈曄刻意加重最後兩字的語氣，強調絕對不會妥協。

大伯瞇起眼，已動怒，可是他自己也知道，就算動怒，也無可奈何：「我扔了你的設計圖，不恨我？你該明白，我這麼做是逼你放棄。」

「我很生氣，但我不會放棄。」

說到設計圖，陸祈曄很氣惱，為了他的設計圖，宋靳羽拚命在垃圾堆尋找，跪到雙腿都發麻了。

他厲聲警告：「我不會讓你們那麼容易闖進我的公寓，再有下次，我會向警察局控告非法入侵民宅，休想我室友們會開門，陸家已經被我們列入黑名單內！」

大伯氣得鬍子抖呀抖，雙拳緊緊握住，充滿惱怒情緒的雙目狠狠瞪著陸祈曄。

陸祈曄不畏懼的抬眸迎上他的視線，更不怕對方會衝動打自己。

「大伯，很抱歉，你們無法阻止我畫畫，我會向你們證明我選擇的道路是正確的，你們就睜大眼睛，我會過得很好。」

正如愛情和麵包背後所代表的意義，他選擇自己喜歡的興趣、想走的道路，沒有人可以介入或阻止。

經過這場比賽，他從宋靳羽身上學到認真堅定的意志力，沒有人指導宋靳羽，她都能靠自己進步，他為何不能？

大伯定定看著他，以前來找過陸祈曄幾次，從沒看過他露出如磐石般的堅定眼神。總認為陸祈曄對畫畫的興趣，會隨著時間流逝淡化而感到疲倦，沒想到不受時間影響，反而越來越讓人無法阻止。

「隨便你！」憤怒的情緒使大伯轉身揚長而去。

陸祈曄勾唇一笑，在背後火上加油地說：「爸媽那邊我會找時間說，既然你都說隨便，麻煩告訴其他人，不要再隨便來找我，因為你已經隨便我。」

只見大伯步伐一頓，沒有再吭半聲，快速離開校園。

再次坦白直言的陸祈曄感覺前所未有的輕鬆。

第八章　縱君虐我千百遍，我待君依然如初戀

擊劍初賽順利結束，經過第一場和李彌的比賽，宋靳羽雖然體力下降，面對石健凌厲的攻擊依然強力防守，最後贏得初賽過關的資格。

說要給宋靳羽臉色瞧瞧的李彌和石健輸掉比賽很憤怒，宋靳羽覺得這兩人將來會在學校時常找她麻煩。

這樣的事情以後再擔心，反正三個月後哥哥就回來了，就讓哥哥替她擦屁股！

誰叫她在學校受苦，哥哥卻在醫院裡和護士姊姊們聊得很樂。

另外，打贏李彌後沒見到陸祈曄，讓她失落好幾分鐘，很怕糟糕的情緒會影響下一場和石健的比賽，沒想到過幾分鐘，陸祈曄從門口進來觀賞她的比賽。

賽程結束，回到後台的她準備脫下劍術服，就見陸祈曄朝她走來，一貫冷面的俊臉露出罕見的淺笑，微微挑起的唇邊又讓她看直眼。

他走來，劈頭第一句話就是：「宋靳羽，想不想贏得二審賽？」

宋靳羽愣愣的點頭，接著就聽見他說：「後天傍晚五點半訓練場集合。」

說完，他就離開了，留下滿頭狐疑且茫然的宋靳羽。

她不懂陸祈曄那天說的兩句話究竟意義為何？這兩天她嘗試想問陸祈曄，得到的答案是：「有什麼意見嗎？」

她想，陸祈曄是不是在賣什麼關子？

第八章
縱君虐我千百遍，我待君依然如初戀

後天很快就到來。傍晚五點，陸祈曄來了，肩上揹著一個後背包，衣著休閒。

「進去換好劍術裝。」

啥，這時候幹嘛換劍術裝？宋靳羽呆愣在原地，很快又聽到他催促道：「愣著做什麼，想要進步就要把握時間，我時間有限，只能帶妳兩個小時。」

「你要指導我？」

他的意思是要指導她?!天哪，太震驚了，之前使出渾身解數想要他指導，都得不到他的答應。因為後來知道他對劍術很排斥，不再當白目強迫人家。

沒想到今日福從天降！

「不然呢？」他都說那麼明白，還不懂嗎？

宋靳羽高興的抱住他的胳膊，興奮的蹭了蹭。「耶！謝謝小曄曄，我一定會認真學習！」

陸祈曄垂下眼簾，用著很小很小的聲音說：「希望妳到時候還能這麼有精神說出這些話。」

「你說什麼？」

他推著她進去，「沒什麼，把護具穿戴好，準備開始。」

換好服裝，套上護具，宋靳羽滿懷鬥志的站在場中央看向對面的陸祈曄。他同樣也穿好劍術衣服，全身配戴上合適的護具。

陸祈曄見她沒戴上頭盔，從架子上取下一頂扔給她。

「應該不用吧？」這又不是比賽，而且還是認識的指導，不至於下手太狠。

「安全為重。先跑場地三圈。」

既然指導老師說要戴，她就戴，要跑步，沒問題！

「哦好的！」

宋靳羽花了五分鐘跑完場地三圈。

對跑步不怎麼行的宋靳羽跑完累得像條狗，可是她抱持著想要好好從陸祈曄身上學到技巧，沒有在臉上露出疲憊的神態。

「太慢。」看著碼錶上的時間，陸祈曄皺起眉頭。

宋靳羽抹抹額頭上的汗水，挺直背脊說道：「對不起，下次會改進！」

兩人此刻的情況很像是班長訓練小兵的模樣，魔鬼教頭繃著一張嚴肅的表情，用著X光般凌厲的視線掃過，盯得她冷汗直流、皮繃得很緊。

陸祈曄沒有多說什麼，沉默的拿起軍刀。

宋靳羽拿起軍刀，擺出預備姿勢。

「朝我攻過來。」

聽見他的命令，宋靳羽握緊刀柄，衝上前對他的刀身用力一擊。這時，他身形朝右方一掠，刀尖直搗她的刀身。

陸祈曄眼神一凜，左胳膊輕一使力，輕輕鬆鬆把宋靳羽的軍刀撥開，刀尖刺中軀幹，獲得分數。

宋靳羽跌坐在地喘氣，這比和李彌對戰還要疲憊。

「站起來，繼續。」

宋靳羽甩了甩痠麻的胳膊，眼神認真的重新站起來，再一次攻向陸祈曄。

「速度太慢，攻擊對手前就要先察覺到對手落刀的路徑，步伐落得凌亂無章法，這樣很容易被對手鑽漏洞。」

她的招式一一被陸祈曄破解，雙方速度上的落差形成當她揮刀攻來，他能快一步閃避開來。

「右邊防守不佳。」

陸祈曄捉到宋靳羽右手邊的空檔，用刀背處重重敲上她的手肘，接著長腿疾步靠近，手腕輕甩，撥開她的軍刀。

「啊！」或許是疲乏，她手裡的軍刀飛出去。

心裡忽然慌亂起來，她沒有想到自己在陸祈曄面前那麼弱，弱到什麼攻擊招式都不行，幾乎從頭到尾被逼入絕境。

她趕緊上前撿起軍刀，一抹身形掠過眼前，緊接著，她看見自己的軍刀被人踢飛，與此同時，尖銳卻沒有任何威脅力的刀鋒直抵胸口。

「漏洞百出。」

她喘著氣，雙瞳緊緊盯著抵著自己胸口的軍刀。

「我、我想休息一下……」

「才這麼點時間就不行了？我還以為妳有多大的毅力，哼。」他譏笑道，慢慢抽回軍刀，宋靳羽無力的跪坐在地。

抬眸迎上他冰冷的眼神，那瞬間，所有的不甘心和羞辱湧上心頭，宋靳羽的聲音不禁拉拔幾分：「我是女生，你不能輕一點嗎?!」

陸祈曄像是聽見多麼可笑的話，輕蔑的冷哼聲：「宋靳羽，別忘記妳現在是男生！在比賽場上，哪個對手會看妳是女生而手下留情？」

他重新將刀峰指向她的胸口，「馬上站起來！」

「唔！」

「如果這把是真的刀，妳早就死在我刀下了。」尖銳之處朝她喉嚨靠近幾分，幾乎劃上她的肌膚了。

「站起來，宋靳羽，妳就這點能耐嗎？」

陸祈曄厲聲說道，看待她的眼神更加薄寒，這一刻，宋靳羽覺得他很陌生很冷酷，不是她印象中的他。

這只是練習，他為什麼要這樣？她不懂。

剎那，滿腔的憤怒、不甘，在喜歡的人展露狼狽的一面，失去面子的委屈情緒一股氣逼得她大吼：「夠了，你在折磨我？」

他稍稍挑眉，口吻依然平淡：「為什麼妳會認為我在折磨妳？」

「因為……」她咬緊唇，欲言又止：「因為你變得很、很冷酷，平常的你不是這樣的，你雖然對我毒舌、冷漠，但我知道你很溫柔，我很喜歡這樣的你……」

現在的他就像結冰的湖水，冬日的太陽灑下淡淡的光輝，很難融化那潭湖水。

「現在的你讓我好訝異，難以接受……」

陸祈曄頓時怔神，無意識的收回抵在她喉嚨的劍。

沒料到宋靳羽會在這種場合說出這樣的話，觀察入微的言語讓他心頭一緊，有股甜蜜又酸澀的滋味盪漾心湖。

「我喜歡你」和「我喜歡這樣的你」有差別，朋友之間可以說，我喜歡這樣的你，但聽見這番話，他心跳驟地加速，不由自主的把這句話聯想成「我喜歡你」。

然而，他開始擔憂、在意起她對他的感覺變得如何？

他緊握握柱劍柄的手，聲線沙啞且不自然的問：「劍術場上的我就是這樣，宋靳羽，妳對我失望了嗎？」

面對她複雜的眼神，及幾分鐘的沉默，他忽然很害怕她的答案，明明心裡很想知道她的想法，問出口，卻沒有勇氣承擔問題背後的答案。

「改天繼續。」他扔下軍刀、卸除擊劍服裝，調頭就走。

宋靳羽不知道在他轉身剎那，陸祈曄真正的心態是很狼狽的，因為沒有勇氣面對，巴不得趕快離開。

然而，從她的角度來看待，陸祈曄的轉身是間接說明著：他對她的失望。

望著俊挺的背影緩緩消失在訓練場。這瞬間，宋靳羽很害怕陸祈曄再也不理她，很想拔腿追上去，但雙腿無力。

「那不是失望……是不懂。」

※ ※ ※

事隔多日，在訓練場和陸祈曄鬧得不愉快後，宋靳羽已經好幾日沒有和陸祈曄好好說過一句話。

兩人之間的關係回到當初他得知她是女生，態度冷漠，面對她都繃著面癱臉，除了會開口和她說些該說的話，譬如：叫她去煮飯等，其他時間很少聊天。

這讓她很難過又很沮喪，討厭這種感覺。

他一定對她既失望又生氣吧……說要讓他刮目相看，認真勤奮的練習，結果練習不到一小時就受不了。

事後，她拚命思考為什麼很在意陸祈曄對自己的看法？為什麼在乎在他眼裡她是什麼樣的女生？因為那個人是她喜歡的人，正因為喜歡才會在乎。

——喜歡的人?!

直到現在才意識到心中真正的情意，宋靳羽不敢置信的摀著嘴巴。

她竟然喜歡上那位很喜歡叫人滾的他。

她沒有細算從何時便喜歡上他了，只知道看見很多女生圍繞著他，她會吃醋；當他離開她的視線，她會下意識的尋找；與他聊天時，她會很高興，每一個眼神、每一個微笑、每一句話在在讓她感到雀躍與心動。

這就是喜歡一個人的心情。

這天，晚餐時間，一群人坐在餐桌前用餐。

「這、這誰用的！太可怕了！」突然，廚房傳出維特托驚悚的尖叫聲，比看到鬼還淒厲。

「特托哥，晚點再來整理，今天有你愛吃的菠菜啦，快來！」

稍早前，正在煮飯的紀多靜突然肚子痛跑廁所，於是就請莫里特暫時顧著，但莫里特又不是廚師的料，直到食材散發出焦味，才知道出事情了，廚房險些失火。

「對呀，快點來吃飯哦，不快點來吃就被我吃光囉。」莫里特含著筷子笑了笑，明明身為罪魁禍首，卻沒有自知愧疚。

「阿特……」維特托從廚房冒出一顆頭，陰沉沉看著莫里特。

「真心覺得里特哥的思維是故意當單細胞生物。」紀多靜拽著維特托來到餐桌前。

「確實如此。」陸祈曄慢條斯理的說。

「單向思考什麼？」宋靳羽接著問，可是陸祈曄沒有多做解釋，而其他人以為陸祈曄會解釋，卻靜悄悄一片。

她僵了神色，沮喪的低下頭，這時莫里特發出一聲輕笑，出手解圍：「簡而言之，他們認為我臉皮厚，把廚房弄成這樣還吃得下。」

宋靳羽噗哧一笑，一抬眸便見陸祈曄冷冰冰的眼神，頓時笑不出來。

用完充滿窒息、沉悶的晚餐，宋靳羽無精打采的來到陽台閒晃，很多次想找陸祈曄深入說談話時，他便愛理不理。

不行，她一定要想辦法！

明明住在同一個屋簷下、同間房裡，照理說應該比其他室友還親，可是跟陌生人一樣。

一隻胳膊搭上肩膀，正在思考解決辦法的宋靳羽嚇了一跳，忙轉頭看向來人。

「小臨，怎麼了，愁眉苦臉的，和曄吵架了？」

他寬大的手掌握著她肩膀，輕輕往椅子上一推，她就這麼順勢跌坐椅子。

「嗯……」

腦子裡只有陸祈曄的身影、冷漠的表情、淡漠的話語，宋靳羽實在沒有多餘的精力去想其他事情，更也沒注意到莫里特將雙手放在椅子兩邊的扶手，高挺的身子向前湊近，唇角懸著溫柔又詭譎的笑意。

「莫里特，我很討厭我自己。」幽幽嘆口氣，宋靳羽很沉重的開口。

「嗯～？」

「就是——」

一抬起頭，她被眼前很近很近的俊顏嚇了跳，頓時避口不語，身體本能的想後退，直接抵上椅背，完全不能再退了。

迎上那雙美麗的碧色眼眸，宋靳羽呼吸一窒，早知道莫里特很帥，很有本錢吸引女孩子的目光，就連她也不意外。

假如沒喜歡上陸祈曄，莫里特行為舉止正常些，她很有可能會被吸引。

「沒、沒什麼……」她搖頭，尷尬地垂下臉。

還是不要說好了，老覺得莫里特看待她的眼神很奇怪，常用一種探究的目光打量，似是想挖掘什麼祕密。

看著宋靳羽充滿防備性的姿態，莫里特臉上的笑容迅速消失，隨之換上哀傷的表情，「小臨，妳的表情很明顯有心事，我們是朋友，不是嗎？」

「哎呀，我把你們當朋友的。」她很喜歡室友們，不喜歡看到他們露出這樣的表情。

只是……有很多顧慮。

怕室友們擔心，還怕說太多，被莫里特察覺她的性別。

宋靳羽咬了咬唇，神色糾結。

忽然，一隻修長完美的長指用著疼惜的力道攫住她的下巴，讓她抬頭望著他。

「那是～？」

宋靳羽不自在的想推開。莫里特在沒有聽到她的坦白前，不願意放過她，騰出空閒的一手捉住她左右手腕。

「莫里特?!」她驚呼一聲，整張臉熱氣直翻滾。

「快說唷，否則我就懲罰妳。」從他口中吐出的氣息很熱。

「我很喜歡你們，不是有意想隱瞞的，只是不知道該如何開口，也很怕你們擔心。」

她知道這群室友都很關心哥哥。隨著時間逐漸流逝，面對他們越來越害怕，怕他們有一天知道自己是女生會生氣。

「嗯哼~我們也都很喜歡妳唷，而且我更喜歡妳。」他粗糙卻溫暖的指腹輕輕滑過她臉頰。

「莫里特，你對我是朋友的喜歡嗎？」他的行為看起來不像耶……

「嗯哼~」

又嗯哼?!到底是還是不是？

「既然喜歡妳，當然想知道妳的全部。」他俯下身，手指撩起她頰畔的髮絲，碧色眼眸深情款款，「包含妳的心與身。」

宋靳羽一陣默然，眼簾眨巴好幾下，然後幽幽嘆口氣，莫里特的費洛蒙估計開始神經病的作亂了。

「來吧，把妳的全部都交給我~」

「別胡扯了，我看我還是跟你說……」宋靳羽懶得聽莫里特胡扯，他想知道，那她就說好了！

接下來，宋靳羽將陸祈曄替她受訓時發生的事情做簡單扼要的說明，只隱瞞她喜歡上陸祈曄這件事。

她一邊說著，莫里特靜靜聽著，唇畔的笑容更深了。

「所以妳喜歡曄？」聽完，他唇邊揚起一抹詭譎的笑容。

「我剛說的哪裡扯到我喜歡陸祈曄啦！」她拚命搖頭，「莫里特，我是男生，怎麼可能喜歡曄！」

「嗯哼～妳太在意在他面前的形象呀，否則一而再再而三被打得落花流水，根本不會在意，只想從他身上學到技巧。」

他用一種曖昧不明的眼神凝望著她，宋靳羽垂首仔細思忖，沒發覺莫里特的眼神。

所以，她太在意他看自己的眼神，所以才會覺得沒面子、不甘心、很狼狽……

畢竟沒有哪個女生想要在喜歡的男生面前披頭散髮、跌好幾次跤吧？

每個女生都希望在喜歡的男生面前——展現最漂亮的一面。

果然是她的錯，陸祈曄生氣不是沒有道理。

即使陸祈曄在訓練場上多麼冷酷，如何藉由鍛鍊來壓榨體力，逼著持續訓練，她仍舊喜歡他。

她覺得自己很M。

宋靳羽不發一語的將手心放在自己的左心房，臉上露出一種釋懷的表情。

莫里特的目光從她小臉挪開，瞟向她身後的某的位置，忽然，唇畔浮現一抹狡猾的笑。

他將手伸往她後腦杓，用掌心抱住，輕輕往他面前壓去，兩人之間的距離縮短為能看得清楚眼底的自己。

宋靳羽蹙眉盯著他，試著想撇開臉，「莫里特，你在做什麼？」

「欺負妳呀～」他使力按住她後腦杓，不讓她有機會退縮或閃避。

「哈啊？」

「放開我啦！被其他人看到很尷尬耶，男生之間怎麼可以做出這種事情！」她推著他的胸膛，想掙脫他的擺布。

他又往前湊近，鼻梁如羽毛般的掃過她的鼻梁，唇瓣險些相交。

這瞬間，宋靳羽覺得自己的毛都豎起來了，屏住呼吸。

「這一刻，聽我的。」輕柔的嗓音轉變得不容忽略的霸氣。

宋靳羽詫異抬起眼，目光一瞬不瞬盯著他，企圖從他正經的表情探出些什麼，然而，不論她再怎麼觀察，依舊無法從他臉上的神情得到結果。

此刻的莫里特，好陌生……

他微微偏過臉，薄而軟的唇輕落在她的臉頰，沒有吻上唇，但從室內的角度望去，身形高挑的莫里特扶著兩邊的扶把，彎下身對著被困在椅子的女孩做出超越一般朋友的親密舉動——

陸祈曄握緊拳頭，胸腔有股難以嚥下的怒火奔騰燃燒著。

第九章　擇男友齊齊排隊，傲嬌腹黑羞澀型

昨晚，宋靳羽受不了莫里特的奇怪的舉動，一鼓作氣用腳尖狠狠踹了他膝蓋，氣沖沖的回到自己的房間，順便洗乾淨被他親過的臉頰。

幸好昨夜沒有人經過陽台，否則跳到黃河也洗不清。

不過，昨天莫里特怎麼會突然一本正經起來？

管他怎變臉色，反正最重要沒被人看見就好了！

隔天早上，宋靳羽很難得和室友們一起去學校，平常時間，她都和陸祈曄一起行動，然而自從訓練場事件後，他們之間已經很久沒好好說過話。

經過昨晚和莫里特的閒聊，宋靳羽下定決心主動找陸祈曄道歉，告白之事暫時擱在一邊，現在的她沒有資格頂著哥哥的身分向同性別的陸祈曄告白！

「啊！這是什麼？」打開鞋櫃，好幾張信封掉落在地，宋靳羽驚呆了。

每張信封外都寫著：給　宋靳臨　同學。

從她扮演哥哥的身分開始，從來沒收過這麼多的情書，頂多只有兩三封而已。

「還好我沒有……」

維特托打開櫃子，鬆了口氣，這讓宋靳羽感到好笑，男生多少都喜歡掙些面子，如果收到的情書多，代表自己的人氣很高，哪有人像維特托避之唯恐而不及。

「呵呵，我也有呢，可是沒比小臨多哦。」莫里特拿著五封情書，朝宋靳羽投去一眼。

第九章
擇男友齊齊排隊，傲嬌腹黑羞澀型

宋靳羽尷尬的撇開臉，昨晚的事情依舊歷歷在目，害她面對莫里特有點不知所措。

「靳臨，你喜歡哪種類型的女孩？」

「呃，我不知道耶……」她自己就是女生，是要選什麼？

「活了十八年還不知道尬意哪種類型嗎？呵呵，真可愛。」莫里特隨手抽了一本放在雜誌架上的雜誌，陸陸續續翻過每一頁，「看好，陽光型、外向型、內向型、天真型、幽默型、成熟型、辣妹型？男人也可以區分為這些類型哦！」

「我、我才不喜歡男人。」

「哦？那麼妳喜歡哪種類型的女生？」莫里特打破砂鍋問到底。宋靳羽被逼得走投無路。

「小托，不然你說說你喜歡哪種類型給小臨參考。」莫里特將雜誌遞給他，翻開的那頁恰巧便是泳裝美女。

「我不要看！」維特托害怕的閉上眼，推開莫里特遞來的雜誌。

宋靳羽在心裡忍不住吐槽：人家不喜歡你還硬拿給對方看！

「靳臨哥呆呆的，比較適合配腹黑型的男生，能被欺負得透徹。」紀多靜插話進來。

都不適合吧！宋靳羽很想苦著臉向他們說：別再亂配對，她沒有興趣和男生在一起啊！

見宋靳羽一臉快抽搐的表情，莫里特摸摸下巴，轉頭對紀多靜輕笑道：「多靜妹妹，那妳喜歡哪種類型的男生呢？」

「這個嘛……你或曄哥吧。不過你們每位我都很喜歡哦！」

「那我真榮幸呢。理由是什麼？」

「曄哥性子冷淡，很有挑戰性，很像冰山王子，要融化這座冰山需要靠熱情；至於里特哥你呢，則是標準的溫柔王子，我對溫柔的男生最沒有防禦能力了！」

宋靳羽心裡暗想，莫里特那小子是花心腹黑王子吧……一個微笑就電死一堆妹妹們，她常在學生餐廳看到他對女學生拋媚眼。

一行人朝教室移動，這時，莫里特再度追問：「那麼小臨喜歡誰呢？是我這種類型嗎？」

「哈啊？」少臭美了。

「唉，看妳的表情就是不喜歡我。」莫里特故作哀傷地擦擦眼角，「可是我們昨晚感情那麼好，還做出……」

莫里特話未說完，便被宋靳羽的手給摀住，後面的話全吞回肚子。

「你不要胡說！」

突然，宋靳羽感覺到一股溫熱的觸感襲上手心，她嚇了一跳忙鬆開，用力抹抹自己的褲子。

莫里特太變態了，居然伸舌頭舔她的手！

「呵呵，我只想說昨晚我們在聊天而已呀！」

……可惡，被陰了！

「曄！」維特托向前方的陸祈曄打招呼。

他身邊有位很漂亮的女學生，一頭飄逸的長髮，臉上擦了淡妝，又瘦又高，兩條修長的美腿穿上黑色的膝上襪，散發出一種成熟的氛圍。

現在的女學生連在學校都會打扮得很漂亮，把學校也當成選美地方。

那女生的手摟住陸祈曄的胳膊，笑得很甜，讓宋靳羽看得心微微一疼。

「早上我有點事情，課我會請假，維特托，我的筆記就交給你了。」

陸祈曄向維特托拋了一句話便和女學生一起離開。

「嗯，沒問題！」

莫里特皺眉望著女學生那窈窕美麗的背影，不知想到什麼，一抹笑容重新回到臉上。

「曄哥交女朋友嗎？從來沒聽他講過。」剛和一夥人討論欣賞類型的紀多靜失望的嘆口氣。

「手勾手當然是女朋友呢～」莫里特輕笑，轉頭問道：「小臨，妳妹喜歡哪一型的呢？」

「呃?!我喜歡……不、不是！我妹喜歡的類型應該是溫柔的男生，外表雖然冷漠、很直接，但內心有著溫柔的一面，即使不明說明講，也會在行為表現出來。」

「就像曄呀～」莫里特直接挑名講，宋靳羽瞬間臉紅。

「可是曄性格冷得像冰塊，太冷不好，女生容易打退堂鼓。」

紀多靜反駁維特托的看法：「曄哥那是傲嬌吧。」

「傲嬌？」維特托第一次聽見這詞彙。

「就是外冷內熱，口是心非。」莫里特意味深長的笑了笑，「唉，可惜曄名草有主了。」

宋靳羽失落的走進教室，早上的課程一晃眼很快結束，她覺得自己恍神很嚴重，老師說了什麼只半聽半懂。

從窗口望去可以看見校舍外面的涼亭，陸祈曄和那位女學生可能是走累了，坐在涼亭聊天休息，那畫面很刺眼，心中的酸澀更明顯了，快要湧出來。

她好想跟他說話、跟他道歉。

終於熬到下課，宋靳羽決定去道歉。畢竟做錯事情的是她自己，陸祈曄是否仍想指導自己，她想讓他自己選擇。

「你們先去學生餐廳，我晚點到！」說完，沒等室友們的回應，宋靳羽一溜煙的跑了。

在下課前幾分鐘，涼亭已經空無一人，宋靳羽不知道陸祈曄跑去哪，猜想中午是用餐時間，他很有可能會帶那位女學生去用餐。

可是她來到行政大樓底下的學生餐廳並沒有找到人，正打算前往男校區和女校區的學生餐廳，在一樓看見上樓中的兩人。

「陸祈曄，我有話跟你說！」她大聲喊住站在樓梯上方的人。

「有什麼事？」他停下來，轉身，依然用冷淡的表情向著她。

他身邊的女學生則用著狐疑的眼神打量宋靳羽。

她討厭他用那種眼神看待自己，既然下定決心了，就不要害怕。

女學生淺淺一笑，對陸祈曄說：「她好像要說很重要的話呢，我先回學生會辦公室等你。」

宋靳羽沒想到女學生觀察力那麼敏銳，識貨的暫時離開，留給她和陸祈曄一個能私下談話的環境。

「中午時間妳不去吃飯做什麼？」他主動開口。

「因為有話想跟你說。」宋靳羽緊張的回答，同時發現他的手是緊握住的，頓時覺得很奇怪，他也緊張嗎？

「什麼話？」

宋靳羽深呼吸，準備向他道歉時，樓梯間的廣播器傳來：「三年A班，宋靳臨同學請立刻來教職員辦公室——三年A班，宋靳臨同學請立刻來教職員辦公室。」

「妳可以走了。」陸祈曄很平靜的說。

討厭，老師這時候用廣播叫她做什麼啦！她正為了修補和陸祈曄之間的關係努力著，好不容易有機會，卻被老師破壞。

「下午，我有話想跟你說。」宋靳羽急忙和他約定時間。

「嗯。」他轉身，忽然想起什麼，又停下來對她補充道：「找完老師，去吃飯，不然室友們會擔心。」

「哦……」

宋靳羽沮喪的轉身走向教職員辦公室，仔細想一想，至少他願意和她約時間談，這個結果已經不錯了。

這麼想，她充滿鬥志，很期待下午和他道歉。

班導師通知她記得在周六下午來學校聽擊劍二審賽的座談會，簽名確定進入二審賽的報名表。

這種事情也有其他時間能談啊，幹嘛在她人生最重要的時刻出來攪局啦！

在學生餐廳用完中餐後，宋靳羽面臨一件讓她頭大的問題。

她忘記期中考過後的第一周要上游泳課……

怎麼辦啊啊啊啊?!

每個男生都穿泳褲，上半身都光溜溜的啊！

游泳課她要怎麼混過去？

男生又不像女生有生理期的理由可以請假，除非出車禍可以請假外，其他理由老師很難准假。

於是，心急的宋靳羽跑去找理事長求救，很不幸的是，理事長出差。

宋靳羽和班上同學一起去了游泳池。路上，她發現陸祈曄偶而會朝她這裡投來一眼，眼色複雜，眉宇間流露出一絲擔憂，但每當她想搭話時，陸祈曄冷淡的把頭撇了。

宋靳羽向老師告知忘記帶泳衣，便坐在游泳池邊看同學們游泳。

這堂課除了她，仍有同學因車禍、感冒，或忘記帶泳衣無法下水。

游泳課程持續一個月。幸好理事長下周出差回來，她相信理事長絕對會有辦法幫忙搞定游泳課。

「喂，宋靳臨。」B班的李彌從泳池另一端走過來，雙手環胸站在宋靳羽面前，「我正想找你比賽，你居然沒下水！」

自從擊劍初賽過後，李彌的態度越來越惡劣，或許是因為輸掉比賽覺得沒面子，每當在走廊看見她，都會口出惡言。

「瞧你的短腿，搞不好游得比我慢，哈哈哈！」

她轉了轉眼珠，別過臉說：「我腿短不短和你無關吧，你拉鍊沒拉哦！」

李彌被她的話嚇了一跳，信以為真的低頭檢查，卻發現自己被騙了，一時間忘記自己穿的是普通運動褲，根本沒有拉鍊的設計。

宋靳羽噗哧一笑，「這麼容易中計。」

「馬的，宋靳臨，你就只會靠這種小招數招搖，有種面對面對決，下周游泳課給我記住！」李彌氣得臉紅耳赤，撂下一句狠話。

「B班同學趕快集合點名，點完名去換泳衣。」

離開前，李彌瞪了她一眼才回到自己的班上。

上課期間，宋靳羽絲毫沒有勇氣看著泳池裡，每個男同學的半裸身軀，深怕長針眼。

尤其是看見陸祈曄那游泳的英姿，還有很棒的體格，她很想把臉埋入膝蓋間。

好煩，她好想趕快離開這裡。

身邊的男同學以為宋靳羽無聊到嘆氣，主動的勾住她肩膀，「嘿，宋靳臨，既然我們很無聊，就一起進來淋浴啊！沒帶泳衣沒關係，至少淋浴也可以玩水，來吧。」

「誒？不、不用！我不會無聊。」宋靳羽皺眉，試著想掙脫被對方摟住的肩膀。

「聽你放屁！剛看你一直在嘆氣！」

「我們都沒帶泳衣，不能自由行動。」宋靳羽拚命的想打消他的念頭。

「唉呀，沒關係的！」

男同學瞧了瞧正在指導學生的老師，沒有時間看他們坐在泳池邊的同學，於是拉著她往淋浴室走去。

「不要啦，這不好！」

游泳池鬧哄哄一片，場邊的人大聲聊天，游泳池內的同學也嘰嘰喳喳講不停，即使宋靳羽拉高音調拒絕，依舊沒有人注意到。

怎麼辦?!

宋靳羽心都提到嗓子眼了，拚命抓開男同學的手，卻徒勞無功。

正值上課時間，淋浴間內沒有任何人。宋靳羽被拉進來，裡面充滿熱騰騰的蒸氣，地上溼答答的，沒有小心行走，很有可能會跌倒。

「我說我不要，你聽不懂嗎？」宋靳羽用沒被抓住的左手用力推了男同學一下，掙脫開來。

男同學覺得對方很不識相，「玩一下水又不會死，你和我都沒帶泳衣啊，我不找你找誰？」

「我不要！你再這樣我會馬上去告訴老師。」太過份了，竟然把她的手抓紅。

男同學聽到她的話，氣得威脅她：「喂，有沒有同學愛啊，你敢當抓耙子我就教訓你！」

宋靳羽也不想把同學之間的友誼搞僵，何況這是哥哥的班級，她口氣委婉許多：「那好，我不說，但是我想離開，不會陪你玩。」

「你是不是男生啊，拜託不要像女生扭扭捏捏好嗎？」

男同學翻個大白眼，受不了宋靳羽拖拖拉拉，很乾脆的把她推進淋浴間內，動手脫起她的衣服。

「住手！我說我不要了！」

宋靳羽被困在狹窄的空間，不斷掙扎，很快的被對方控制住，眼睜睜的看著他解開自己衣領的釦子——

驀地，濕涼的冷水從男同學頭頂降下，宋靳羽一愣，呆滯地看向手拿蓮蓬頭的陸祈曄，他身上披著一件浴巾。

「想被記警告嗎？上課時間，沒帶泳衣就該乖乖待在泳池邊。」

男同學露出煩躁的神色，在陸祈曄警告的眼神色，心不甘情不願的鬆開捉住宋靳羽襯衫的手。

「立刻出去。」見對方拖拖拉拉，陸祈曄又嚴厲催促。

男同學溼答答的轉身離開。

雖然水柱向著男同學噴灑，但宋靳羽受到的波及不少於男同學，白色襯衫半浮貼身軀，露出纖瘦的體型，和若隱若現的胸型曲線。

陸祈曄繃著臉，神色陰沉的轉身，「快跟我來。」

他將她帶到淋浴室隔壁的吹風機間。宋靳羽頻頻望向外面，很擔心的問：「我們不出去嗎？」

「妳現在這樣出去還得了？」陸祈曄沒好氣的把她推向鏡子。

「既然如此，那你為什麼要拿水噴我們？」想要教訓，可以徒手制止就好了。

「我想讓他受罰才用水弄濕他的衣服，讓老師知道他沒泳衣偷偷跑去玩水。」所以站在旁邊的宋靳羽無可避免受到波及。

「誒，可是我這樣一出去也會……」

陸祈曄直接把吹風機塞入她手裡，「別廢話，趁還沒下課，把衣服和頭髮吹乾。」

宋靳羽沒再說話，很專心的把衣服吹乾。陸祈曄說的沒錯，得趁下課前把服裝整理完畢，否則會被大群湧進淋浴間的男同學看見她現在這副模樣。

這時，另一把吹風機的聲音和她手上的重疊在一起，有股熱熱的風吹上頭皮。

「陸祈曄？」她抬頭望向鏡子的景象，陸祈曄正拿著另外一台吹風機幫她吹頭髮，神情專注而認真。

「我、我可以自己來。」

他沉聲一喝，令她不敢再亂動：「別動，快下課了，把握時間。」

忽冷忽熱的性格果然是陸祈曄，她實在搞不懂他，一下子和她說話、關心她，一下子又對她冷淡，愛理不理，害她的心情像坐雲霄飛車。

宋靳羽關掉自己手裡的吹風機，低下頭，囁道：「陸祈曄，對不起，那天我不該對你發脾氣，你抽出時間指導我，我還對你不敬，很抱歉。」

「……不要生氣了好不好？我不會再請你一定要指導我，但很希望你不要因此對我感到失望。」帶著沮喪的口吻請求他的原諒，陸祈曄聽了不由停下手邊的動作。

他承認自己這幾天是對宋靳羽冷漠很多，用著很幼稚的態度，又不知道該如何面對她，於是冷落。

持續到昨晚莫里特對她做出的舉動，深深刺痛他的心，這才恍然大悟——

他發現自己喜歡上她。

不知道從何時開始，他猜想，也許是第一次見面便有一見鍾情的感覺，否則當時不會對假扮男生的她感到戀愛的悸動。

「那件事情我早就沒氣了，會那樣說是想讓妳想清楚自己偽裝男生的目的。妳說妳偽裝妳哥是為了贏得比賽，助學貸款就能還清。既然答應妳哥，就要做好，這樣的初衷，不能忘記。」

「嗯，既然哥哥在醫院努力復健，我也要努力，況且經過莫里特開導，我並不是認為你在折磨我，而是明白一件事情。」

聽到她提起莫里特的名字，陸祈曄心裡有些不快，但還是忍著聽下去。

「我是女生，女生總想在喜歡的人面前保持最漂亮的一面，那天在訓練場，我覺得我很弱、很沒面子、很醜——」

她深呼吸，轉身，迎上他那雙棕色眼眸，「那是因為我很喜歡你。」

她不知道自己幹嘛沒經大腦就脫口而出，也許是帶著無結果的心態，豁出去坦白。

既然他有女朋友，一定會拒絕她的。

短短一瞬，陸祈曄驚呆了，雖然聽過不少女學生的告白，但前提是他對別的女生沒感覺。

如今，向他告白的女生是他喜歡的女孩。

耳根子灼熱一片，他害臊的想往後退，一時間不知道該說什麼。

宋靳羽以為他聽到告白想離開做為拒絕，心隱隱疼著，衝動的抱住他。

「陸祈曄！」

失戀會痛，可是比起他轉身離開，她很希望聽見最真實的答案。

「把話說清楚吧，對不起，我知道你有女朋友，還這樣告白……」她已經做好心裡準備接受他的拒絕。

「女朋友？」陸祈曄困惑的睇著她。

宋靳羽心跳加快，從陸祈曄疑惑的眼神能窺探得出，難道她想錯了?!

「我今天看到你旁邊那位長髮女生，你們很親密，而且我聽說既然都勾手了，應該就是女朋友吧，不是嗎？」

「妳聽誰說？妳和妳哥就不會勾手嗎？」

「我和哥哥很少勾手，倒是很常牽手。」

「牽手和勾手都是一樣的。」

「哦，所以聽你的口氣，那女生不是你女朋友？她是誰？」

宋靳羽感覺到呼吸正在加速，屏氣凝神等待他的回答。

陸祈曄露出挫敗的表情，「是我姐……你們都沒發現她學號第一碼是一零二嗎？她是畢業兩年的學生，今天他們班辦同學會，她先穿制服來學校晃晃，下午才去同學會。」

「誒！莫里特騙人，他說都已經勾手了，還說你明草有主。」宋靳羽覺得很丟臉，還為此難過有段時間，早上的課程心不在焉。

陸祈曄很佩服她居然能輕易相信莫里特。

「莫里特那小子肚子裡一堆黑水，和他生活三個月妳還沒發現嗎？他很喜歡捉弄人，可是又摸不清他心裡究竟在想什麼。再者，我可沒興趣跟我姊搞亂倫。」

「對不起。」她羞愧到抬不起頭了，「你的答覆究竟是什麼？不喜歡也要老實告訴我，這樣我才好收心。」

陸祈曄放下吹風機，清清嗓子：「……咳，再告訴妳之前，我想問妳，妳是真的喜歡我？」

宋靳羽點頭如搗蒜，「我都說我喜歡你，我真心的！」

他被她直白的話語惹得臉紅耳熱，陸祈曄呼吸一窒，彆扭的別過臉。

「陸祈曄，我真的是真心的。」宋靳羽以為他不相信，抓住他的手又說一次。

陸祈曄難為情的用手壓著臉，遮住發燙的臉頰，「我有聽到，不要再重複第二次。」

「可是你……？」

深呼吸幾次，他重新轉過臉，迎上那雙清澄無邪的黑瞳，「我要驗證——」

說著，在宋靳羽疑惑、驚訝的眼神下，他將她推入椅子，兩手撐在椅子扶手。

宋靳羽渾身僵住，黑眸瞪得大大的，現在是什麼情況?!

他輕撈起她頰邊的黑髮，眼神幽暗，「昨天晚上，我看到妳和莫里特待在陽台，他就是這樣做——」

他的手滑到了她的後頸，往自己面前一推，順勢讓她的唇與他的相交一起，火熱的唇舔過她濕潤的唇瓣。

唇上濕滑的觸感讓宋靳羽又驚又羞怯，好端端的，陸祈曄怎突然提到昨晚的事情？

聽他的說法，是看見莫里特和她那一幕。

不是這樣的，莫里特只有親吻她的臉頰，是角度的問題誤會了！

只要想起莫里特對她做過的，陸祈曄忌妒得快發瘋了，按捺不住加重親吻。

就是在那個時候，他發現這樣的情緒比以前更加濃烈，原來從宋靳羽開始假扮宋靳臨開始，目光不知不覺放在她身上，為了她而擔心、心浮氣躁和悸動。

先是因為她是男生而糾結，得知事情的真相後既惱怒又討厭依然把目光放在她身上。

而後又因為她像笨蛋幫他找回設計圖開始刮目相看，從她身上找到堅持下去的毅力與目標。是她改變了他。

「莫里特是這樣吻妳的嗎？」他費力的從她唇上退開，聲線低沉且性感。

「啥？」還沒從吻回過神的宋靳羽眨巴眼好幾下，才驚呼聲：「不、不是這樣！」

陸祈曄卻誤會的皺起眉宇，「那小子該不會伸舌頭？」雖然有點難為情，不過他可以試試看。

「不是啦，他、他只是親臉頰！」見他一臉狐疑，她很努力解釋：「請相信我，莫里特真的只有親臉頰，是因為角度的問題，讓你誤會了。」

陸祈曄挑眉，不發一語。

不知怎的，他嚴重懷疑莫里特是故意在他面前對宋靳羽做出這個舉動，角度抓得真好，他一上樓就看見莫里特親吻宋靳羽。

滿肚子黑水的莫里特，會做這種事情並不意外。

「陸祈曄……」

「別喊了，我信妳。」聽見她可憐兮兮的聲音，陸祈曄最沒轍了。

「咦？」彷彿是發現什麼，宋靳羽眼睛睜大，問：「陸祈曄，你這是害羞嗎？耳、耳朵……」

誰希望臉紅害羞的一面被挖出來講，她這樣說會不會很不給他面子？

「閉嘴。」手伸到她後背，讓她整個人往自己身前貼近，發燙的臉頰貼著他因緊張而鼓脹的寬厚胸膛。

她緊張的吞嚥口水，忐忑不安的等待他的答案。

「那，剛才你對我做的，代表是喜歡我嗎？」就算猜得出來，但她還是想從他口中得知。

「我不像莫里特能輕輕鬆鬆就表達愛意、隨口說出甜言蜜語，所以我只說一次，笨蛋宋靳羽，我喜歡妳。」

宋靳羽開心的笑了笑，靜靜的靠在他懷裡。

陸祈曄皺眉，「給個回應。」

「我不叫笨蛋宋靳羽啊，才不會給回應。」

三條黑線從他額頭滑落。

虧他還期待她的回應，原來自己才是笨蛋。

緊緊依偎的他們並沒有發現一抹人影無聲無息的離開現場，將震撼全校的驚人祕密帶走。

第十章　無法見光的談情，學生辦公室說愛

因為身邊沒有備份學生制服，陸祈曄手裡拿著兩台吹風機，快速將宋靳羽制服和長褲吹乾。趕在下課前將服裝儀容整理完畢。

知道彼此都喜歡對方，在學校的關係和以前依然一樣，宋靳羽仍是宋靳臨，這是不會變的，改變的是，兩人私下的舉動。

陸祈曄看著從右手邊飛來的紙條，慢條斯理的打開。

紙條內寫著：第一次在課堂上和你傳紙條交流，好開心>//<

陸祈曄唇角微勾，笑得很含蓄。

宋靳羽笑得很開心，開心到維特托覺得很猥褻，完全不懂笑容是什麼意思？

陸祈曄拿起筆，刷刷幾下寫完扔回去給宋靳羽。

宋靳羽好奇打開，紙條上的內容是：專心上課。

她覺得自己好像被打槍，將紙條揉掉，聽陸祈曄的話專心上課。

一下課，陸祈曄收起課本，走向學生會辦公室。

宋靳羽見狀，沮喪的坐在位置上，連走都不拉她一起走，也不說去哪？或向她說再見。

「靳臨哥，今天要去大賣場添補家用，要走了嗎？」

已經整理書包完畢的紀多靜困惑的看著仍坐在位置的宋靳羽。

「哦，等等。」宋靳羽迅速的把書和鉛筆盒扔進書包。

既然陸祈曄沒說去哪，那她自個兒和室友們去大賣場晃晃，距離上次設計圖被偷，她很少參與採購，對室友們不太好意思。

放在桌上的手機翁翁振動，宋靳羽打開簡訊一看：還愣著做什麼，來學生會辦公室。

咦咦咦咦咦，討厭，現在才想到她！

宋靳羽忍不住笑了出來，察覺室友們都在看自己，她收起笑容，抿住唇，抱歉的說：「我今天有事情，對不起，下次一定陪你們去！」

愛情和友情，她選擇愛情。

她不是見色忘友啦，第一次和陸祈曄告白成功，快樂似神仙耶！

紀多靜撇撇嘴，「好吧，晚餐前會回來吧？如果來不急煮飯，我們會買回公寓。」

「我會儘量早點回去，對不起哦，晚上煮豐盛的大餐給你們吃～掰掰囉！」

宋靳羽拿起書包，恨不得身上有翅膀馬上飛去陸祈曄身邊。

「愛情的力量真偉大唉……」看她如一陣風消失在教室，莫里特小聲喃道。

上課時，他早就發現陸祈曄和宋靳羽的關係產生化學變化，看到宋靳羽傳來的紙條，陸祈曄罕見的笑了，冷面男會笑，代表春天降臨了。

游泳課之前他們沒談半句話，游泳課後居然連這種兩小無猜的紙條遊戲都玩起來。

「阿特，你在說什麼？」

「呵呵，羞澀的小托不懂我的話！」

宋靳羽全程都用跑的，很快的來到四樓的學生會辦公室。她推開門，發現辦公室內有其他的女學生和男學生。

第十章
無法見光的談情，學生辦公室說愛

她收斂住過度興奮的表情，向同學們打聲招呼後便進去學生會長的專屬辦公室。推開門，裡面空無一人。

「陸祈曄？」

奇怪，人去哪了？

「不好意思，請問陸祈曄去哪了？」她向門外的學生們詢問。

「會長外出交資料給教務處。」

得到答案，她在辦公室內東晃西晃，無聊翻閱擺放在桌上的課本和一堆資料夾，最後坐在舒服的辦公椅，拿起披在椅背上的黑色外套，把臉埋在有他身上一股清晰香味的外套，興奮的坐在椅上轉圈。

陸祈曄推開門，就見宋靳羽愛不釋手抱著自己的外套，露出幸福的表情。

那瞬間，胸口傳來不規律的心跳聲，他覺得耳朵熱熱的，外套被她緊緊抱著很難為情。

像是想掩蓋自己的窘樣，他關上門，沉下嗓，話語有些犀利：「宋靳羽，妳臉皮真厚，連我外套都淪為妳的毒手。」

「因、因為外套上有你洗完澡的味道嘛。」宋靳羽害羞的把外套披回原位。

陸祈曄心中又是一陣悸動，嗓子更沉了：「不要胡說八道。」見她笑咪咪的模樣，他忽然覺得應該要惡整一下。

「那件外套很久沒洗囉。」

「哈啊?!」

不知怎的，看見她瞪大眼睛，晴天霹靂的模樣，他就想笑。

宋靳羽看他憋笑，淘氣的用力拍了桌子一下，「你騙我！」

「因為笨蛋容易欺負。」陸祈曄唇邊笑容更深，朝她揮揮手，「起來，那我的位置，最近開始在企劃二審賽場地的流程。」

宋靳羽不敢打擾他辦公，立刻把位置讓出來，趴在桌邊詢問：「陸祈曄，你今天要待到幾點？」

「八點多，妳先回去吧。」他打開電腦看學生會企劃組寄來的流程規劃書。

「沒問題，今天我答應室友們要做大餐，他們剛才找我去大賣場。」

「那妳怎麼沒去？」他邊說著，眼睛依然盯著銀幕。

「剛才下課你沒找我一起走，也沒跟我說再見，原本很難過的，想說跟他們去大賣場，可是你傳簡訊要我來趟學生會辦公室！」

「那還是可以跟他們去。」

「可是我想跟你在一起耶！第一次和男朋友共同迎接校園美好的夕陽，聽起來就好夢幻。」

這一次，陸祈曄終於看她了，臉上浮現幾不可見的紅潮，早該習慣宋靳羽會突然拋直白話，可每次聽見，他仍會感到不好意思。

「咳，隨便妳。」

「小曄曄最好了～」

陸祈曄沒有發現，他害羞的時候耳根子會先紅。宋靳羽不挑明講，只是靜靜的看著他。

宋靳羽沒有打擾他，而是在辦公室晃著，口渴就跑去外面找飲水機。

進來的時候，她發現學生會的一位女學生準備打開信箱收信，豈料一開，一堆信件如爆漿般湧出來。

宋靳羽趕緊上前幫忙撿，發現裡面有很多封都是寫給陸祈曄，有建議信、一般公文信、校內社團廣告信、雜信等等，還有超過十張的情書。

她走進辦公室，劈頭就問：「陸祈曄，你都有看女生寄給你的情書嗎？」

「沒有。」

還好他不看別的女生寫的情書，宋靳羽心中很樂。

「可是我會看哥哥的情書，女生看女生寫的情書，好害羞，哈哈哈！」

陸祈曄面帶微笑，重新盯著銀幕。

過了十分鐘，陸祈曄忍不住問：「還不走？」被她直勾勾盯著，他覺得室內很悶。

「對了，那你找我來做什麼？」從他進辦公室起，沒聽見他有事情要說耶！

「就……」

陸祈曄頓時語塞，他找她來做什麼？這裡明明沒有她的事情，也許是想看她吧。

「距離年底的二審賽只剩下兩周，還需要我教導妳嗎？」他隨口找了個問題。

知道她那時候被他指導所產生的不好情緒，陸祈曄把決定權交給宋靳羽。

「你願意？」

「妳不是很介意嗎？」

「現在不會了啦，反正我多醜多爛，你都還是……」宋靳羽支支吾吾的接下去說：「呃，喜歡……我吧。」

她也會害羞啊？陸祈曄以為她臉皮很厚，沒想到宋靳羽和宋靳臨性格雖差不多，但宋靳羽多了女性的嬌羞。

想到這兒，陸祈曄勾唇一笑，挑眉道：「所以明天有心理準備接受我的斯巴達訓練？」

「沒問題，我發誓我不會再亂發脾氣！」

「呵呵，希望如此。」

離開學生會辦公室，宋靳羽直接回公寓，發現室友們還沒回來，於是她趕緊從冰箱翻出一些菜。過了一會兒，室友都回來了，買回一堆生鮮蔬菜和冷凍海鮮、魚類食物。她挑了幾樣，炒出十道熱騰騰的菜。

紀多靜在旁邊記錄還剩下多少菜；莫里特在廚房、客廳、浴室三邊溜搭，偷吃剛炒好的飯菜；維特托拚命清洗兩間浴室。

到了晚餐時間已是七點半，大夥都餓了，沒有等陸祈曄就開始吃飯。

「還是小臨煮的菜好吃。」

「嗯？怎麼說？」宋靳羽覺得很奇怪，莫里特怎突然迸出這句。

「里特哥在賣場吃了一塊五分熟的肉後，跑廁所狂吐。」

怪不得莫里特的臉色有點蒼白，以往都以輕鬆優雅的姿勢吃飯，現在無精打采的駝背。

「那維特托又是怎麼一回事？」

「你不是止血了嗎？怎麼又流呀？」莫里特輕笑。

「里特哥，你就不要在調戲特托哥了啦，他是因為剛才在賣場看見波霸美女，腦子內下意識的去回想……啊，糟糕，我誤提了！」紀多靜趕緊閉上嘴巴，朝旁邊又噴鼻血的維特托抱歉道：「對不起。」

「誒，我記得正確解決方式是要把頭保持直立，不可以讓鼻血倒流，然後再用手捏住鼻子止血——」宋靳羽匆匆忙忙跑去冰箱拿冰塊出來，回到維特托面前，「來，冰敷鼻頭三到五分鐘。」

止血的過程途中，宋靳羽對維特托做出觸碰的動作至少有十次以上，避免維特托頭抬太高，她扶住他的下巴、捏鼻梁、摸臉頰，這些額外的動作刺激他血管爆裂，流得更兇了。

「這招沒用呢，小托流血得更嚴重了。」

「靳臨哥，你要不要回到位置，讓他自己來？」紀多靜心疼的看著維特托。

「我、我沒事的。」

維特托的臉紅得像是要滴出血來，頭不自覺低下。

「抬好。」突然，兩隻手伸出來直接扣住腦袋兩邊。

「小曄曄，你提早回來了！」宋靳羽見陸祈曄眼都亮了。

「嗯。」

一回來就看見餐廳鬧哄哄的，全部人都圍在維特托旁邊，他鼻血當然一直流。

宋靳羽推著陸祈曄坐下，貼心的幫他盛了碗飯，引起莫里特的嘲笑。

「唉呀，偏心到我都心碎了唷。」

「靳臨哥以後是妻奴吧！」紀多靜倒是很喜歡宋靳羽和陸祈曄的互動。

面對許多人的雜音，陸祈曄面不改色的說：「全部專心吃飯。」

這時，放在口袋裡的手機突然響起，宋靳羽接起：「哥、咳，不對，妹妹呀，怎麼突然打電話給我？」一時說得太順，差點釀成大禍。

宋靳羽掩著話筒，在眾人的注目下離開餐桌，來到戶外講電話。

「因為哥快出院啦，復健很順利，幸好當初傷勢不重，理事長有和我通電話，她說妳很棒，順利通過初賽了。」

說到這個，宋靳羽又開始喋喋不休抱怨：「還不都是你！你妹我拼了老命練習才會有今天成績，練到身上一堆瘀青、雙腿無力、睡眠不足、腰痠背痛，你看你之後要如何補償我?!」

「哦，這樣呀！」他的聲音聽起來一點都沒有憐惜。

「哥，你的良心被醫死了嗎？還是給護士姊姊偷了?!都沒有安慰我一下！」初賽期間她生理期來耶，拼命硬撐過來的！

「哈哈哈哈！妹，別這樣，下次妳住院，哥哥可以請護士姊姊幫妳安排好床位，我都打好關係了。」

「吼，哥，你當醫院還是酒店?!不說這個了，二審賽快到，你能在這之前回來嗎？」

他的聲音有些遲疑，「有點趕，不過我會試試看，如果我來不及趕回來，妳只好代替我上場。」

「可是……」

二審賽是很多精英通過初賽進入的，劍術能力都是數一數二的好者，她知道自己不差，但面對強手，信心多少會受到影響。

「相信自己，壓力不要太大，就算二審賽輸了，學貸我們自己還就好了呀！」

宋靳羽老實的說：「可是我想遵守和哥哥之間的約定，既然答應你，我想要做好！」

「嗯，對不起，這三個月讓妳辛苦了。」宋靳臨聽了很感動，抽抽搭搭的哭泣。

「哥，你在哭？」

「沒唷，是裝的！」

宋靳羽頓時無言，害她以為哥哥是感動到哭，結果在做戲。

「唉呀，哥沒哭，但很感動哦，二審賽快到了，再求陸祈曄指導妳。」

「哦，這部分陸祈曄說願意，嘿嘿。」

「唉呀，妹妳做得不錯哦，終於融會貫通三萌政策囉？哈哈哈哈！」

「才不是三萌……」

好啦，她承認是有點用，不過陸祈曄是從什麼時候喜歡上她的？

她跟陸祈曄互相喜歡的事情，等哥哥回來參加二審賽後再說好了。

「那是什麼？他呀，有時候我睡過頭會叫我起床，我還發現只要我踢被，他會幫我蓋被，哈哈哈！」

「哥，我總覺得你很興奮、引以為傲耶……確定性向沒問題嗎？」

聽宋靳臨剛才的口吻，像是看到偶像明星興奮的在床上翻滾，或是摀著臉表露嬌羞狀，跟她炫耀。

「因為陸祈曄那又傲又嬌的性格很好玩啊。」

這種話還是不要讓陸祈曄聽到好。

「我很好玩？」

驀地，身後飄來一道低沉卻異常輕柔的嗓音。

「不、不是。」宋靳羽窒息般的看著陸祈曄，他怎麼跟來啦？

陸祈曄微微挑起一邊的眉毛，從她手中搶過手機，便說：「宋靳臨，你妹在我手中，我會好好玩她的。」語畢，又將手機拋回給宋靳羽。

「喂，陸祈曄，你胡說八道什麼?!我警告你啊啊啊！不要對我妹下手，否則我就——」

聽筒的另外一端傳來宋靳臨氣憤且焦急的聲音，可惜陸祈曄根本沒聽到，也懶得聽，直接替她掛上電話。

「宋靳羽。」陸祈曄朝她勾勾手，接著轉身進屋。

宋靳羽跟在他後面，一直來到二樓，他們共同房間。

關上門，她緊張起來。雖然是他們共同居住的房間，但和喜歡的人待在密閉的空間內，仍會感到緊張。

「妳哥剛才說了什麼？」

很怕陸祈曄因哥哥的話而發飆生氣，她立刻道歉：「對不起，我哥不是在說你的壞話啦！」

陸祈曄不但沒生氣，還露出一抹很輕鬆愉悅的笑容，「妳哥從以前有很喜歡測試我的容忍度。」

「嘿嘿，你不生氣囉？」

陸祈曄搖頭。

宋靳羽高興得直接撲上前抱住陸祈曄，他頓時身子一個不穩，背脊直接撞上床柱，接著又直接倒向床鋪。

「宋、靳、羽，妳哥沒像妳那麼容易會抱人！」

陸祈曄的背有點痛，還好撞上床柱後倒向床鋪，否則摔在地板恐二度創傷。

「對不起，我太高興了，我馬上起來。」

宋靳羽忙爬起，卻被陸祈曄單手壓回去，發燙的臉頰貼緊著他的胸膛，與此同時，他另外一手環住她腰間。

「不用，就這樣靜靜一會兒吧。」

「可是你說孤男寡女同處一室，是不能隨便上男生床的。」

那天的記憶太深刻了，深刻到至今歷歷在目。現在待在他的床上，他沒有做出任何的舉動，她的臉已經熱成一片。

「這時候妳腦袋最精明。」

「不要在這個時候吐槽我啊喂！」

腦子頻頻想起那天晚上曖昧的畫面，宋靳羽忍受不住，作勢起身——

他抓住她的手，五指緊握住，「笨蛋宋靳羽，聽不懂人話嗎？」

「可是，這樣很奇怪。」宋靳羽變得溫順許多，乖乖的窩在他懷裡不動，努力控制自己急促的呼吸。

「為什麼？」

「為什麼？」沒聽見回應，他又問了一次。

宋靳羽心一橫說了：「因為我會想起那天晚上你解開我鈕扣的畫面啦！」

這瞬間，他覺得心口發燙，有點後悔自己幹嘛好奇逼問，害他現在也想起那天晚上差點擦槍走火的畫面。

「陸祈曄，不要不說話啦……」可惡，逼問人家又句點人家。

他深呼吸，隨口問道：「對了，那個……沒跟妳哥說我們在一起了？」

轉移話題也轉太快了吧，宋靳羽悶悶地說：「沒有，等哥哥回來再說吧，目前越少人知道越好。」

「嗯，今晚我不在的時候，莫里特沒對妳做出過份的舉動吧？」

「沒有，他今天去大賣場吃了五分熟的肉導致上吐下瀉，哈哈哈，整個人病懨懨沒空騷擾我！」

「嗯。」陸祈曄簡短應了聲。

明明是自己提起莫里特，卻不喜歡宋靳羽一直提到太多關於莫里特的事情。

過了良久，宋靳羽沒有再多說一句話，安靜且聽話的任由他抱著，可是陸祈曄覺得太安靜，在這靜謐的時刻，很想聽到她的聲音。

「宋靳羽？」

「宋靳羽？」

嘗試叫了兩次都沒回應。他微微偏頭，朝她投去一眼，就發現依偎在胸前的女孩已經睡著了。

陸祈曄無奈一笑，那張冷漠的面容只有在她面前才會露出不一樣的表情。

他的唇貼著她耳畔低語：「宋靳羽，是妳讓我改變，就該付出永遠留在我身邊的代價。」

陸祈曄輕輕的將她翻身，放在自己的床上，看了那張睡顏好一會兒後，忍不住俯下身，貼上她的唇，盡力說服自己輕吻就好，不要吵醒她。

※ ※ ※

夜晚，護士小姐拉上窗簾，整理桌邊吃剩的食物，嚴厲的說：「該睡了，宋靳臨同學。」

他從手機抬起頭，「好啦，那麼我乖乖睡覺，這位美麗的李護士姊姊願意明天陪我聊天嗎～？」

「唔，我考慮一下。」

「唉唷，不用考慮啦，來嘛來嘛～」宋靳臨故意放軟嗓音，用著他最引以為傲的幼齒臉裝可愛。

比宋靳臨還年長的護士姊姊受不了他可愛的表情，語氣不由軟化：「好啦，如果我明天不忙就會來探望，這樣可以吧，小弟弟！」

「當然，晚安囉～」

護士完全拿他沒辦法，誰叫這位病人實在有夠會撒嬌。她留下一盞燈，便離開病房去值小夜班。

晚上，宋靳臨在床上翻來覆去，依然睡不著覺，最後他拿出手機，打開通訊軟體找妹妹聊天。

宋小臨：妹，妳睡沒？>W<

宋小羽：宋靳臨，安靜，別再賴了。

宋小臨：是小曄曄？o_O‖

宋小羽：怎？

宋小臨：為什麼我妹手機會是你在回？我妹呢？快叫她回，不要搶我妹的手機，我警告你，不准對我妹出手！我很快就回來了！否則我一定會扒了你的皮（＃′口`）＼！

宋小臨：喂喂喂，快回我啊！

該不會妹妹被他怎了吧？

啊啊啊啊！他錯看人了，以為陸祈曄是柳下惠，妹妹千萬要沒事啊！

他傳出去的訊息已經被閱讀過，過了幾分鐘，沒有人回應。

「喂，已讀不回是哪招！」

宋靳臨低罵聲，把手機扔到一邊，氣沖沖的走出病房，他覺得現在有必要去外面透透氣，否則會氣到腦中風。

坐在櫃台辦公的護士小姐見宋靳臨走出來，一臉「生人勿近」，不由問：「怎麼了？」

「我是差勁的哥哥，把妹妹推進火坑……」

「哈啊？」護士小姐看待宋靳臨的眼神變了，似乎誤會他的意思。

「不是你們想的火坑啦，無法想像妹妹交男朋友的模樣……」宋靳臨哭泣般的摀住臉，實際上根本掉不出眼淚。

「哦。」宋靳臨原來是妹控。

護士小姐一笑，「對了，靳臨弟弟，你同學有來找你嗎？」

他從掌心抬起頭，「同學？誰？」

「就是一位挑染成紅髮男生，大概一七五公分，穿著運動服裝，左耳戴著耳環，講話滿有禮貌的，走路有點像台客。」

宋靳臨不記得自己認識紅髮的同學，印象中，班上同學沒有人染紅髮，難道住院這段期間有人染紅髮？

「那個人找我幹嘛？」

「他說是你同學，沒說找你做什麼。」

慢著，他住院的事情只有理事長、妹妹、陸祈曄知道，究竟哪來的同學跑來醫院說找自己？

宋靳臨臉色驟變，連護士小姐頻頻叫喚都沒聽見，直接衝入病房拿起手機撥給宋靳羽。

嘟——嘟——嘟——

陸祈曄的電話也是無人接聽。

第十章
無法見光的談情，學生辦公室說愛

宋靳臨最後在通訊軟體上留下訊息：

妹，看到訊息速速打電話給我，有很重要的急事！

第十一章　比賽場上的擁吻，身分曝光的危機

隔天，宋靳羽睡過頭，匆匆忙忙的換上制服，衝到樓下向室友們說抱歉。

餐桌邊，陸祈曄坐在椅子上，安靜的吃著三明治，看見宋靳羽現在才起床，完全不訝異。

「咦，你們都吃完早餐了？還有我的份耶！」嗚嗚，她好感動，沒想到睡過頭，沒人罵她，反倒替她買好早餐了。

宋靳羽拿起袋子內最後一包三明治，一邊說話邊咀嚼：「陸祈曄，你怎麼沒叫我？」

「我叫過了。」

暈，她該不會睡得像豬吧？被他看到糟糕的一面好丟臉啊！

以前不覺得怎麼樣，現在在一起後反而很在意他對她的眼光評價。

陸祈曄看了她滿臉糾結苦惱的神色，不由想笑，他稍微用三明治遮住無法掩藏的笑紋。

「小臨昨晚幾點睡呀？」

「咦……我不知道耶，昨天和陸祈曄——呃，聊完天後就睡了吧。」

她趕忙改口，差點說溜嘴，昨天陸祈曄突然抱了她後就睡死了，隔天醒來發現躺在他的床上，身上的衣服還是昨天那件。

現在快到上課時間，沒有時間可以洗澡。

「靳臨身上有昨天煎牛排的味道。」

對於環境、禮儀整潔十分敏感的維特托在宋靳羽入坐在自己旁邊就聞到了。

「我昨天太累沒洗澡就睡了，抱歉。」她心虛的傻笑。

一個女生親口承認昨夜沒洗澡就超級丟臉。

嗚，陸祈曄好歹叫她起床洗澡嘛！

維特托露出一張惶恐的表情，突然推開椅子遠離宋靳羽，不敢再靠近半分。

「靳臨，建議你馬上去洗澡！」

「我早餐還沒吃完啊啊啊！」

宋靳羽被大家推去房間拿換換洗衣物，又被推去浴室，直到整個人香噴噴出來，距離第一堂早自習的課只剩下十五分鐘。

她把吹風機開到最大，趕火車般迅速吹乾，來到一樓客廳，發現大家都已經穿好鞋子等著她了。

「走吧走吧，我們要遲到了。」

「小臨，你拉鍊沒拉唷～」

「咦咦咦咦?!」

「真好騙～」

來到學校，宋靳羽累攤，要急著在上課前洗完澡，又忙著應付室友，都是莫里特害的，害她一路上渾身不對勁，很怕自己的制服有破洞，露出屁溝什麼的，一到學校立即跑去廁所檢查一次。

「喀擦。」

正想進男廁的宋靳羽聽見疑似快門的聲音。她困惑的左右張望，走廊上只有幾位同學走動，沒有看到哪個同學手上有拿相機或手機的產品。

當下，她覺得自己多心了。

轉身進入廁所。

廁所內正好有男學生，宋靳羽低著頭，視線絲毫不敢亂瞄，就怕瞄到不該看的畫面，直接閃進一間空的廁所。

這三個月在學校過得很快樂又很痛苦。快樂的部分是能和哥哥那群室友們度過歡樂校園生活，痛苦則是每次上廁所都要小心翼翼，就怕不小心被其他人發現她是女生。

算算時間，剩下兩周就滿三個月了，屆時哥哥就會回來，而她會離開公寓，回到原來的生活。

唉，好捨不得，一想到無法和陸祈曄在學校隨時都能見面，或在同住在公寓裡，她覺得孤單又寂寞。

要不要求哥哥讓她住進公寓呢？

這時，門外傳來腳步聲，宋靳羽透過鞋影發現有人進入隔壁的廁所。

由於隔間底部採略微高挑的設計，暈黃色的燈光能清晰將那人的行為舉止臨摹出奇怪的影子輪廓。

宋靳羽左看右看，上看下看，都覺得那個姿勢很像半蹲的姿勢，可是廁所內都是坐式馬桶，為什麼要半蹲？

半蹲能幹嘛？

突然間，那抹影子直立，下一秒兩條腿的影子消失了。

上方傳來喀啦的聲音，她困惑地仰頭一看，竟看見一隻手掌攀在上緣。

偷、偷拍！

意識到這個驚人的念頭，宋靳羽驚聲尖叫，銳利的聲音穿透門板，直達走廊。

第十一章
比賽場上的擁吻，身分曝光的危機

砰！她拔腿衝出廁所，廁所早已沒有人。

聽身後傳來開門的聲音，頓時她緊張到雙腿都在顫抖，心提到嗓子眼。

上課時間，走廊沒有半個學生，這個樓層剛好是社團辦公室，為了不讓自己的女生身分曝光，宋靳羽通常都會跑到人煙罕至的廁所方便。

這下子她不敢再耽擱，下樓幾乎用跳的，穿越人群快速回到A班教室。

如果是偷拍變態，應當面揪出來，可是她害怕到腿軟，怕面對變態就昏了。

宋靳羽一邊低頭跑著，拿出手機想打電話給理事長，沒注意A班教室的門口正走出一名男學生，不偏不倚撞上去，發出一陣慘烈的叫聲。

「呀啊！」

身軀嬌小的宋靳羽承受不住強烈的撞擊力道，整個人向後跌倒在地，同時，頭頂響起火爆的男性嗓音。

「靠！宋靳臨，你欠人罵是不是?!不要在走廊上奔跑！」

被同班同學這樣一罵，走廊上的學生和其他班級的同學紛紛走出來看到底發生什麼事情，交頭接耳的討論著。

「發生什麼事情？」聞聲的維特托來到教室門口。

「嗚……」看見熟悉的夥伴，宋靳羽壓抑很久的害怕轉成淚水，撲簌簌的流下。

「宋靳臨也太扯了，這樣就哭，到底是不是男生啊?!」

「宋靳臨是擊劍初賽過關的那位啊，他有這麼脆弱哦？比賽場上的他很威耶！嘖嘖。」

維特托拉起坐在地上已經腿軟的宋靳羽。

「宋靳臨，妳在哭什麼？」聽到教室外傳來聲響的陸祈曄走出來一看，見宋靳羽哭得淚流滿面，他詫異不已。

「陸祈曄！」

宋靳羽當著眾人面前直接撲進他懷裡，把眼淚抹在他的襯衫上，雙手緊緊環住他的腰。

「呵呵，這下子跳到黃河也洗不清囉。」莫里特斜靠在牆壁，玩味的欣賞這齣早晨戲劇。

這時，很多同學睜大眼睛爆出口：

「耶？」

「咦！」

「社群網站那則帖子居然是真的耶。」

「哪則？」

「哇靠，一開始我還不相信，沒想到兩個都是同性戀！」

「我要看我要看！」

「那是從網站轉貼的，網址在這。」

莫里特耳尖的湊過去瞧瞧，發現是名123帳號人士發布，帖子內容很簡潔有力的道出帝亞學校游泳池鬧出驚人內幕。

F4中的陸祈曄和宋靳臨濕身擁抱，還附上一張拍攝有點模糊的照片，但仔細分辨依然可以看得出來誰是誰。

用字遣詞寫得很像八卦週刊上的糟糕文章。

「我要噴鼻血了，這麼勁爆！」

「這張照片不知道有沒有被陸祈曄那群粉絲團看見，哈哈哈，恐怕要哭哭囉！」

莫里特忽然斂下臉色，這張照片沒意外的話，是游泳課那天拍的。

他用手機找出那則帖子，走向站在窗邊同樣好奇觀看的兩人：「多靜去查一下這則帖子是誰散播出去。」

紀多靜也看到這則貼文了，「太過分了吧，就算他們在一起又沒啥大不了，現在戀愛自由，真是一群古板的人！」

陸祈曄在眾目睽睽之下拉著宋靳羽離開教室，來到上課時間幾乎不會有人在的學生會辦公室。

「心情好多了？」

來到安靜的地方，宋靳羽已經不哭了，情緒平復許多。她靜靜的看著他，輕點頭，目光瞟向他胸前皺成一團的襯衫，頭低到不能再低了。

陸祈曄正想問話，手機忽然響起。他從口袋拿出來，按下通話鍵：「宋靳臨，又怎了？」

從昨天晚上這小子就一直傳訊息給宋靳羽，他不想吵到宋靳羽睡覺，於是直接關靜音。

「喂，拜託看一下訊息好嗎?!」

「訊息？」

「我有傳訊息給你！」

「我得掛掉才能看，就這樣。」他想速戰速決，好問宋靳羽究竟發生什麼事情。

宋靳臨忙阻止：「慢著，還是我妹在你旁邊？你直接把電話給她也行。我打一堆電話都沒人接，很擔心。」

陸祈曄看了宋靳羽一眼，摀住話筒低聲說：「妳哥找妳，現在妳的狀況方便講電話？」

宋靳羽點點頭，朝陸祈曄伸出手，讓他把電話交給自己。

「哥，怎麼了？」

「妳的聲音怎麼怪怪的？」

「我剛睡醒，哈哈，因為吃完早餐老師還沒來啦，就趴在桌子上睡了。」她發現自己真會掰，不想讓哥哥擔心她的狀況。

「……好吧，有事情跟哥講！」

「嗯。」

宋靳臨不浪費時間，立馬詢問：「昨天有個同學來醫院找我，聽護士的描述是挑染紅髮，一七五公分的身高，穿運動服，左耳有戴著耳環，妳知道是誰嗎？因為我住院的事情只有妳、小曄曄、理事長知道，所以絕對不可能有人知道我住院。」

「咦！這是真的嗎？」

她不安起來，陸祈曄見狀，想奪走手機直接質問宋靳臨，卻被她擋下來。

「對啊，所以我很緊張，昨夜妳不接電話，有留訊息給妳，結果妳早上也沒回。這段期間，班上有人染紅毛嗎？」

今天早上她太匆忙了，先是睡過頭、洗戰鬥澡，來到學校後又跑廁所，結果遇上不知道是不是變態偷拍的事情，壓根沒時間看手機。

「沒有。不過我倒有認識一個染紅毛的學生，也不算認識啦哈哈，是初賽的對手，他不太喜歡我，喜歡找我麻煩。」

宋靳臨緊緊追問：「誰？」

「三年B班的李彌。」

宋靳臨思考一會兒，對這人有點印象，雖然教室只在隔壁，但很少在學校遇到，的確是紅毛特徵，但全校有染紅毛的有多少個，他無法肯定。

「好吧，哥會盡快回來和妳交換，這段時間妳務必小心點，把電話交給小曄曄，我有話要跟他說。」

宋靳羽把電話交給陸祈曄，只見他應了幾聲便掛斷。

「我哥跟你說什麼？」

「叫我在剩下兩周照顧好妳，從你們剛才的對話，我大約知道發生什麼事情了。」陸祈曄話鋒一轉：「現在可以說剛才為什麼跑那麼快還哭了？絕對不是被班上同學一吼而哭吧。」

「嗯……」她深呼吸，鼓起勇氣把自己遭遇到的事情說出來。

為了想描述更清楚，宋靳羽在陸祈曄面前蹲下，憑著腦海裡的印象模擬出當時情況，「我就看到一隻手攀在隔間的上方！」

陸祈曄嚴肅的點頭：「這件事情我會呈報給理事長。」遭遇到這種事，難怪她嚇得一路狂奔回教室。

「而且進廁所前，我還聽到喀擦聲，應該是快門的聲音。不過那時候走廊有其他人，也可能是其他同學自拍什麼的。」這部分宋靳羽就當作是巧合。

「別擔心，我會向理事長請求協助。」

※　※　※

「聽其他同學說，這是昨夜從反F4社團發佈出來。」

紀多靜亮出反F4社團的畫面，裡面有許多平日拍攝的相片。

「真是的，把我弄那麼醜，這是人身攻擊吶。」

「正經點，里特哥。我查到散播謠言的人是三年B班的李彌。」

聽完紀多靜調查出的結果，莫里特雙手插著口袋，走出A班教室來到B班教室。

正值下課時間，許多學生陸陸續續走出教室，離開學校。

莫里特斜靠著牆壁，神態輕鬆，半瞇起的碧色眼眸盯著天花板。

直到餘光瞥見目標人物揹著書包走出來，他面帶微笑的叫住對方：「李彌同學，有興趣和我聊聊嗎？」

紅髮少年微偏頭，一臉桀驁不馴的看著莫里特，「怎？你不是隔壁班的莫里特？」

「原來你知道我，呵呵。」莫里特頭一側，「去涼亭？」

李彌點頭，雖然不知道對方要說什麼，但聽聽無妨。平常沒在交流的人，今天居然會親自找他，太陽從西邊出來了！

兩人來到涼亭，莫里特優雅入坐，臉上依舊帶笑，開門見山地問道：「照片是你散播出去的？此外，還聽見什麼祕密？」

李彌心頭一跳，卻不意外對方那麼快就查到，網路無遠弗屆，任何在網路留下的腳印很難清除。

「沒錯，祕密可多得了，你問我這些想怎樣？」

莫里特托著下巴，笑得很深：「沒想怎樣，反而很期待接下來事情的發展呢，呵呵。」

李彌冷笑，「哦，是嗎？希望你不要期待到後悔，接下來的進展絕出乎所有人意料之外。」

出乎意料是吧？莫里特稍稍收斂笑意，因為現在網路上的消息只存在於陸祈曄和宋靳臨兩人之間的愛情。

能讓他出乎意料的進展呀……

難道是宋靳臨的真實性別?!

這件事情他當初意外得知也很驚訝呢，不過真相一旦公布恐怕會造成前所未有的震撼，事情嚴重到宋靳羽會被學校懲處。

而且，李彌會在哪天下手也是個謎。

這麼想著，莫里特蹙起眉毛，內心有股揮之不去的憂慮，卻很快的笑道：「那我就看你這傢伙有什麼新梗可以爆料囉～」

「等著瞧！」李彌瞇起眼，很難從莫里特表情探出他真實的情緒。

剛才的莫里特似乎想到什麼，卻又笑著應付自己。

早聞莫里特是個笑面虎，實際聊過後，李彌摸不清莫里特內心真正的想法。

「吶，不過你為什麼老針對宋靳臨呢？」

李彌臉上閃過一抹憤恨，「明明長得一副嬌弱模樣，風一吹就會倒，沒想到我竟然在初賽輸給他！哼，宋靳臨那種人仗著有陸祈曄幫忙，害我被羞辱。和你說這些是因為我根本就不怕陸祈曄，我知道你和陸祈曄是朋友，要告狀去告狀好了！」

「哼哼，不過我沒想到，那天居然聽到要不得的祕密！」說著，他低笑幾聲，頗有陰險的味道。

「你想怎麼對付宋靳臨，難不成想讓宋靳臨無法比賽？」

「當天就會知道了。」李彌起身，沒打算再繼續聊下去，轉身揚長而去，留下深思許久的莫里特。

※　※　※

時間匆匆流逝，很快的迎接帝亞學校擊劍二審賽，距離比賽當天只剩下兩天的時間。

疑似偷拍的事情仍持續調查著，這次事情發生在仍女扮男裝的宋靳羽身上，為避免把事情鬧大，只有理事長知道這件事情。

理事長再三叮嚀宋靳羽務必小心，別在比賽前節外生枝。

根據監視器的畫面和角度的問題，並沒有拍到從廁所走出來的學生，是否為變態，現在依然是個謎。

至於網路流傳的照片，發佈者經過紀多靜和莫里特的調查，確定是李彌散佈，讓陸祈曄和宋靳羽有些意外，同時也意識到危險。

恐怕那天在游泳池的對話都被李彌聽得一清二楚。

女生身分何時被李彌揭發出來，她不知道，也惴惴不安。

每當遇上李彌，想找他談談，他很快的閃人，拒絕和她商量此事。

李彌絕對不會善罷干休，自從初賽開始，李彌每遇見她都很喜歡找麻煩，又怎會錯過扳倒她的機會。

唉，比賽就快到了，對她有偏見的李彌怕會在比賽當天揭發她的性別，屆時哥哥的擊劍比賽會面臨革除參賽資格，同時，她也會被學校懲處。

現在宋靳羽只能走一步算一步，在哥哥尚未歸來、二審賽來臨前不忘記自己的本分，勤奮接受

第十一章
比賽場上的擁吻，身分曝光的危機

陸祈曄的指導，每天都把自己搞得灰頭土臉、肩頸痠痛、雙腳鐵腿，一倒床就呼呼大睡。

直到比賽當天，哥哥依然沒有出現。

宋靳羽只好硬著頭皮上場，由衷希望李彌不會揭發自己真實性別的祕密。

二審賽場地仍舊辦在訓練場，全場的布置、燈光、流程、座位安排，和來賓及學生的進出場控管由學生會處理。

當天早上吸引很多學生前來觀看，不少老師讓學生去觀賞比賽，繳交心得報告當作堂課出席成績。

二樓座席坐著滿滿人潮，學生嘰嘰喳喳的聊天，一樓比賽舞台上的主持人和評審已經就位。

宋靳羽坐在後台椅子當起低頭族，拚命的打字。

今天哥哥會出院，但趕來這裡的時間恐怕來不及，進入二審賽的參賽者有四位，所以場次共有兩場，宋靳羽是第二場比賽，贏得人方能進入決賽。

「哦～這些啦啦隊的女生各個都是美女。小托不看嗎？」莫里特輕拍維特托的肩膀。

「呀啊啊啊，我不要看！」

男性的尖叫聲畫破後台，直接貫穿紀多靜的耳膜。她嚇了一跳，連忙抽幾張衛生紙遞給維特托。

「里特哥，我懷疑你們上輩子有仇，常常被你惡整。」

紀多靜無奈地看向坐在角落止鼻血的維特托。

「別把我想得很壞嘛，你不覺得這環境太壓抑嘛，我們要做點搞笑的事情，讓小臨輕鬆一下。」

莫里特嘻笑道，來到宋靳羽身後，摟住她的肩膀，「小臨，現在仍會緊張嗎？」

「嗯，當然緊張……這次都是高手雲集。」

何止緊張，她還擔心比賽時會發生不好的事情。雖然理事長也拚命催宋靳臨快趕來學校，但只怕來不及，萬一李彌真的在比賽場上揭開她的性別，這下子全完蛋了。

「不如我來給妳個消除緊張的方法～？」他緩緩俯下身，指尖輕輕搔弄著她的下巴，充滿挑逗性的嗓音傳入她耳中：「宋靳臨，我期待著妳的美姿呢。」

「莫、莫里特！」下巴的搔癢讓她微偏臉，避開害羞的觸碰。

這時，一隻大掌扣住莫里特的手腕，陸祈曄眼神泛冷的警告：「不要把她當貓耍。」

「呵呵呵，在宣示主權了呀。」莫里特低下頭，快速的在宋靳羽臉上落下一吻，用著只有兩人聽見的聲音說：「加油呀，宋靳羽妹妹……」

「你……！」

聞言，她驚愕的瞪大眼睛，因為太過震驚，完全無法發出半點聲音，只能眼睜睜的看著莫里特臉上輕鬆的笑容。

——他是什麼時候知道的？

「他跟妳說什麼？」

宋靳羽湊到陸祈曄耳邊低語：「莫里特知道我是女生啦！」

陸祈曄詫異的微瞪眼，腦海旋即回顧這三個月內，莫里特很多看似尋常又不太正常的行為。

雖然以前莫里特會逗動宋靳臨，但很少流露出曖昧的氛圍，現在則常常會認為莫里特是以看待「女生」的角度對待宋靳羽。

終於明白了。莫里特比他還要早知道宋靳羽就是女生，不知道什麼因素，沒有揭發出來。

「怎麼辦？」

「放心，他只是想看戲，不會對妳不利的。」陸祈曄這麼安慰。若要揭發，莫里特早就揭發，不會等到這時候。

這時，廣播器傳來主持人的聲音：「中場休息十五分鐘，第二場參賽者三號和四號請準備，將在十分鐘後開始進行。」

由於等下就要上場比賽，宋靳羽一聽見主持人的聲音，緊張得把莫里特知道自己是女生的祕密暫時拋到腦後。

「我、我去廁所，受不了了！」她緊張到一直頻尿啊！

前往廁所的路上，宋靳羽接到理事長的電話，邊跑邊講：「喂，理事長，有什麼事情嗎？我正要去上廁所，等等換我了！」

「快去行政大樓一樓殘障廁所，我這邊忙著應付老師。」

啥？沒事幹嘛叫她去殘障廁所啦！

宋靳羽憋尿一兩分鐘才抵達殘障廁所。

剛推開門，裡面很暗，還來不及看清廁所內的景象，隨即被人用力拉進去，嘴巴也被一隻寬厚有些冰冷的手掌給摀住。

「唔唔唔唔！」

廁所偷拍的變態還沒抓到，宋靳羽以為變態又出沒了，慌得手腳並用掙扎，直到耳邊響起和自己相似的聲音，她才停下攻擊。

「噓，妹，我回來了，快跟我換！」

宋靳羽打開燈，瞪大眼看向和自己長得一模一樣的雙胞胎哥哥。

「哥，你用飛的？」

「騎機車用飆的。」才剛康復就做那麼刺激的飆車行為，還好警察和超速照相機沒抓他。

宋靳臨催促：「快脫衣服，我要上場比賽，我怕李彌那小子不安好心。」

「哦哦好！」宋靳羽點頭如搗蒜，正想脫衣的手卻一頓，「可是哥，在你面前脫，我、我會不好意思……」

「快！時間緊急，拜託不要在這個時候在意這個！小時候都一起洗過澡，看過對方的身體，妳害羞什麼！」

剩下五分鐘，換完衣服他還要趕去賽場報到。

「小時候都平胸，要凸沒凸，誰會害羞啊……」

宋靳羽小聲嘀咕，不敢耽擱，趕緊脫下比賽服裝和哥哥交換。

一分鐘後，兩人互換完畢，走出去不會有人相信剛才在舞台後方和現在的人完全不一樣。

「哥，那我怎麼辦？」

宋靳羽穿著哥哥的休閒服裝，頭戴著一頂灰色鴨舌帽。她不安地看著他。

「自己找地方躲，妳要躲這裡也可以唷，我先閃人了！」

宋靳臨拋下一句話便推開門，拔腿朝比賽會場狂奔過去。

「誰要躲在殘障廁所啊！」宋靳羽拉了拉帽子，小心翼翼的走向比賽場地。

來到比賽後台，宋靳羽壓低帽緣，躲在被道具堆滿，幕簾遮掩的地方。

「靳臨哥，我們都還以為你跌到馬桶了，真的是嚇死我！」

「嘿嘿嘿，抱歉啦，我有些便祕。」宋靳臨不好意思抓抓頭髮，還吐了個舌頭裝可愛。

第十一章 比賽場上的擁吻，身分曝光的危機

夭壽，原來哥哥真的很會賣萌和裝蒜，她忽然覺得自己這三個月做得都沒有比哥哥好。

「靳臨哥加油唷！」

「哦～瞧你的臉色，紅紅的好可愛。」莫里特手一勾，攬住宋靳臨的肩膀，指尖輕柔的搔癢著他下巴，說了句含糊的話，「明明才十分鐘未見，卻覺得很久沒見，比賽加油呢～」

宋靳臨先是愣了一下，隨即露出熟練的害羞笑容，「是的，我會加油！」

「小曄曄，我去比賽囉，等我唷～」

宋靳臨轉身，朝陸祈曄贈送一記飛吻，躲在幕簾後的宋靳羽看不下去，直接遮住眼。

這瞬間，陸祈曄皺眉，心中掀起一股異樣的古怪感，覺得宋靳羽好像哪裡不一樣。

印象中的宋靳羽從沒這樣做過，她雖然會學哥哥裝可愛，但在他面前都有一面害羞的少女心。

該不會他是宋靳臨！

那宋靳羽呢？

他很想現在就抓住宋靳臨質問，可是比賽時間就快到來，他得按捺住。

宋靳臨走向比賽舞台，後台的陸祈曄等人也跑到二樓觀賞。

比賽剛進行不到三分鐘，主辦單位突然要主持人喊出：「比賽臨時暫停！」的命令。

觀眾們開始竊竊私語、交頭接耳。

「發生什麼事情？」

「對啊，不是比得好好的。」

「欸，你看，那不是初賽輸給宋靳臨的李彌嗎？」

學生們和老師的注意力轉移到舞台上，只見紅髮少年李彌走進賽場，站在宋靳臨面前，臉上依

然露出桀驁不馴的傲慢表情。

陸祈曄瞇起眼，果然不出所料，李彌打算在人最多的時候揭開宋靳羽真正性別。

坐在旁邊的莫里特翹著腿，托著下巴好整以暇的欣賞這齣驚人戲劇。

因為後台都沒人了，宋靳羽溜出幕簾，偷窺比賽場上的狀況。她目前暫時無法出現在觀眾席，只能待在這裡注意賽場的情況。

李彌抬手指向一臉呆樣的宋靳臨，「宋靳臨，其實妳是女生吧！」

話音方落，觀眾席爆出震耳欲聾的驚呼聲，一群人七嘴八舌的吶喊著：

「什麼?!」

「宋靳臨是女生?!」

「騙人！」

「不！我喜歡的男生怎麼可能是女生！」

「陸祈曄已經出櫃了，老天爺怎麼可以從我身邊搶走宋靳臨！」

甚至有女學生因此摀臉嚎啕大哭，場面混亂且失控，男學生顯然也不能接受這個答案。

陸祈曄那冷淡的面容浮現焦慮，起身想去一樓舞台幫助宋靳臨。

「我是男生耶。」話題人物的宋靳臨開口說話了。

接下來，又一堆女學生停止哭泣，七嘴八舌討論起來。

「宋靳臨說他自己是男生啊，李彌在胡說八道什麼，嚇死我了！」

李彌搶過主持人的麥克風，大聲說道：「騙人，我親眼、親耳聽到妳和陸祈曄在游泳池談情說愛，妳哥因為出車禍而住院，這段期間都是妳偽裝成妳哥，女扮男裝混在學校裡，參加擊劍比賽，分明是造假！」

觀眾席傳來倒抽一口氣的聲音，原本嘰嘰喳喳的討論聲頓時安靜下來。

宋靳羽不禁鬆口氣，幸好哥哥及時回來替換，否則她不知道該如何面對李彌咄咄逼人的追問。

「可是，我一直都待在學校，李彌同學，你不喜歡我嗎？為什麼要在這時候找麻煩？」

被宋靳臨天真又憨直的話惹紅臉的李彌結結巴巴回覆：「什、什麼？我怎麼會喜歡你！不要轉移話題，網站上的照片是我拍的，很清楚拍到陸祈曄親你，我還聽見你們之間的話題有女扮男裝！有種把衣服脫下來讓大家見證。」

宋靳臨噘著嘴，嘆口氣。

「好吧，應你的要求。」

手挪到衣領慢慢剝除身上的衣服，隨著衣服的脫除，鍛鍊過的淨白腹肌裸露在眾人發直的目光。

觀眾席停頓了一兩秒才爆出聲音：

「宋靳臨身材好好，我噴鼻血了！」

「討厭的李彌，宋靳臨明明就是男生！」

「是咩是咩，快下台，不要汙衊我的宋靳臨！」

不到一分鐘，一群女學生很快速號召，大聲喊著：「下台下台！李彌快下台！」

「騙人！」

無視觀眾席的壓迫，李彌不敢置信的衝上前，抓住宋靳臨的胳膊，甚至想把宋靳臨的褲子脫了。

幾分鐘前，從觀眾席離開，來到舞台的陸祈曄現身制止李彌後續行為：「住手，有什麼問題等比賽結束後再繼續。」

「……我還有證據！」李彌從口袋拿出手機，播放出那天錄下的談話——

觀眾席熱血沸騰，一群女生嚎啕大哭，馬上三兩三組成失戀陣線聯盟。

頭一次聽見對話內容宋靳臨非常驚訝，沒想到妹妹和陸祈曄居然互相傾心，同時，臉色也越來越尷尬。

李彌利用麥克風大聲吼道：「你們趁我不知道的時候偷換，有種親對方，既然互相喜歡，舌吻也一定可以！舌吻給我看！」

「呵呵，沒想到李彌居然來這招呢。」

莫里特轉眸，就見維特托的臉紅得像要滴血，常常噴鼻血對身體不太好啊。

怕維特托噴鼻血，他用掌心遮住維特托羞答答的視線，「非禮勿視。」

隔壁的紀多靜像發現新大陸，眼露精光，巴不得親眼見到兩個男人舌吻。

陸祈曄頓時額冒青筋，要他親宋靳臨想都別想，現在一堆人在看戲，他幹嘛要當小丑給人家看！要不是當下沒發現兄妹倆交換了，他根本不會上來幫宋靳臨，現在是誤入賊坑。

他作勢不甩李彌的要求，準備下去時，宋靳臨卻扣住他的胳膊，用力的拉回面前。這樣強大的男生力道，只有宋靳臨才會有。

「你、你想做什麼？」

見宋靳臨深呼吸，目光灼灼盯著自己，陸祈曄心中警鈴作響。

宋靳臨環住陸祈曄的腰，墊起腳尖，嘴唇湊向他的薄唇，低語：「小曄曄，為了我妹犧牲一下吧，你害羞的話我主動，我們可以利用借位，假裝吻得很法式，舌頭部分我會輕碰。」

陸祈曄瞪大眼睛，渾身僵硬的像棵木頭，眼睜睜的看著宋靳臨的唇朝自己逐漸逼近。

兩片薄薄的唇瓣在眼前越來越大——

「宋、靳、臨。」他硬是從牙縫中擠出音節。

李彌在一旁冷笑看著。

主持人和老師們全都傻眼了。

躲在後台的宋靳羽看見自己喜歡的男生要被哥哥吻下去，她緊張的心跳快跳出來，陸祈曄看起來很不喜歡，可是面對李彌的威脅，不得不照做。

她這樣躲在後台讓陸祈曄善後好像很不好，明明罪魁禍首是自己。

她不想要陸祈曄被別人親，就算是自己的哥哥也不行！

「不行！陸祈曄，你不可以親別人！」

宋靳羽按捺不住，從後台衝出來。所有吵雜的聲音頓時全消下去，鴉雀無聲。

宋靳臨推開陸祈曄，扶著額頭，妹出來幹嘛啊，就快讓李彌相信了！

陸祈曄不知怎的鬆口氣，卻同時警覺糟糕了，只見李彌的注意全都放到宋靳羽身上。

「陸祈曄是我的，怎麼可以讓別人親，就算是哥哥也不行！」

聽見宋靳羽如此宣示，陸祈曄感覺耳朵又熱了起來，他故做鎮定的佇立在舞台上。

李彌拍拍手，「看吧看吧，我就說還有位女性的宋靳羽，所以妳衝出來，是承認游泳池那是妳囉？」

宋靳羽迎上他帶著惡笑的目光，勇敢說：「沒錯，游泳池那是我！」

理事長在台下氣到頭髮快燒光了。

此話一出，觀眾席再次嘰嘰喳喳爭吵著，原來真有女扮男裝這件事情！

「嗚嗚嗚，幹嘛要搶走我的陸祈曄！」

「原來陸祈曄的性向正常！」

「這女生太過分了，利用女扮男裝接近曄！」

宋靳羽盡力不去聽那些謾罵自己的話，她走向陸祈曄，「對不起，明知道我不能出現，但我無法忍受你被哥哥強吻，因為我喜歡你，陸祈曄！」

宋靳臨不滿的嘟囔：「妹，我是在救大家耶，犧牲我的初吻，說得我好像是大壞蛋……」

宋靳羽直接忽視，黑眸一瞬不瞬凝視陸祈曄，「我不想只會躲在後面，讓你們替我收拾善後。我看得出來，你不想和我哥接吻，所以我不想勉強你。如果我連最喜歡的人都無法保護，沒有顧慮到你的感受，我認為自己不配喜歡你！因為我想要看你快樂，喜歡一個人，就是看對方開心嘛！這三個月我很開心，有你和室友們的陪伴，我一點都不孤單。」

「陸祈曄，我喜歡你的冷漠，和骨子裡的溫柔，還有——很多很多。」

「這些其實不用說出口……」

陸祈曄感覺到很多目光落在自己身上，難為情的清清嗓子，連站在附近的電燈泡宋靳臨都用一種「你好意思釣我妹」的眼神瞪他。

低頭看向宋靳羽臉上柔和的笑容，陸祈曄深呼吸，說道：「宋靳羽，我好像沒說過，謝謝妳，謝謝妳讓我直率的朝夢想前進，曾經我以為不理會我家人，執意做我喜歡的事情就好，但仔細想想，我從來沒跟他們說過我內心的感受，是妳初賽那天的精神影響我，讓我有勇氣說出口。」

「我很慶幸遇上妳，很慶幸能喜歡上妳。宋靳羽，未來能和我一起走下去嗎？」棕色眸子盛滿溫柔之色，讓宋靳羽看得著迷。

第十一章
比賽場上的擁吻，身分曝光的危機

「當然沒問題囉，陸祈曄！」

剛答應，她便落入混雜著溫暖與陽剛氣息的懷抱裡，被他緊緊抱個滿懷。

同時，觀眾席響起響亮的拍手聲，不論是男學生或女學生都因眼前的告白震撼心靈。

「嗚嗚嗚！好感動！」

「陸祈曄，你好棒！」

「陸祈曄果然是我心目中的男神，溫柔貼心的好男人！」

於是，陸祈曄&宋靳羽CP戀愛陣線聯盟在混亂中正式成立。

情勢一面倒，李彌氣得跑去找理事長理論，結果得到學校還要再開會討論宋靳羽女扮男裝的處罰方式。

現在他就算說破嘴，也不會讓情況變成他有利。雖然依然有人對宋靳羽假冒哥哥而不悅，但現在全場的學生都籠罩在喜悅的情緒下。

李彌怒氣騰騰的離開訓練場。這時，身後傳來莫里特的嗓音：「李彌同學，跑去廁所偷拍的也是你？」

李彌眼神飄忽不定，最後小聲的承認：「是我，但我沒有要偷拍！我只是想偷聽宋靳羽有沒有在廁所和她哥哥講悄悄話。不過，你怎麼一點也不驚訝宋靳羽是女生？」

「呵呵，因為我早就知道了，比陸祈曄還早呀！」莫里特笑著摸摸他的頭髮。

李彌吃驚，「可惡，原來你那天找我談話是看我笑話！別碰我！」他紅著臉，趕緊轉身腳底抹油溜走。

「呵呵，真可愛～」莫里特摸摸下巴，笑得很邪惡，「既然大家都知道宋靳羽是女生了，那我該開始狩獵了！」

另外在二樓觀眾席的紀多靜和維特托則呆坐在原位。

「原來這段期間的宋斬臨是妹妹假扮，這麼說宋斬臨和陸祈曄根本沒感情！」紀多靜內心的耽美幻想在這場比賽澈底心碎。

「我、我被女生碰觸了……怎麼辦？我該怎麼面對斬羽？要如何和女生相處？」

維特托流著鼻血，腦海無法控制的想起宋斬羽拿手帕替他擦汗、替他處理鼻血認真的模樣。他鮮少和紀多靜以外的女生相處，如今知道同住短暫時間的哥們是女生，慌得六神無主。

然而這些問題，都是他們必須自個兒處理的。

人在舞台享受幸福時光的宋斬羽也始料未及。

掌聲依舊，熱鬧依舊，比賽——暫時停止。

要打斷陸祈曄和宋斬羽兩人的甜蜜時光，似乎還需要點時間。

尾聲　花樣美男公寓每天都上演美男爭風吃醋

寧靜的早晨響起小鳥啾啾的聲音，朝陽劃破黑幕開始新的一日。

尋常的天氣下，卻有不尋常的活動正在花樣美男公寓進行著——

「小羽，我幫妳把櫃子移動好了，讓妳可以方便撿起掉在櫃子後面的梳子！」

「謝謝你，莫里特～」

「呵呵，那要如何答謝我呢。」

「咕，里特哥，我上次手機掉到床底下你也沒幫我撿。」紀多靜毫不留情的在眾人面前吐槽。

早上宋靳羽想梳頭髮，梳子不小心掉到櫃子後面，於是請室友們一起幫忙移動沉重的櫃子。

宋靳羽爬進櫃子後面的空隙，忽然失聲大叫，忙不迭的往後退：「呀啊啊啊啊！有蟑螂！」

「這裡！」維特托拿起殺蟲劑噴死大蟑螂。

宋靳羽驚魂未定的看著翹辮子的蟲子，蟑螂雖然死了，但她不敢上前拿起梳子。

「喏，拿去。」莫里特將撿起的梳子遞去，卻在她要接手時，又縮回去。

「不該給我些獎勵嗎？」

他眨眨眼，笑得很曖昧，「例如……一個擁抱。」手一勾，從後面擁住她，讓她發抖的背能貼著他寬闊的胸膛。

他在她耳邊吹氣，輕喃：「小羽那麼漂亮，現在這樣也很有性格呢～」

宋靳羽縮了縮肩膀，「莫里特，放開我啦！」

「呵呵~真好玩！」莫里特鬆了手，放她自由。

好玩個鬼啊，自從二審賽向學校公布她真實性別後，莫里特對她的態度越來越曖昧，很喜歡動手動腳。

由於代替哥哥去比賽，她與哥哥被學校勒令在家寫悔過書三個月，取消出賽的資格。

理事長被董事會罵得臭頭，但董事會也拿資深的理事長沒轍，於是學校提出的懲罰條件沒有很嚴苛。

她被學校踢出宿舍，現在居住在公寓裡。自三個月後解除禁令，她轉回總校，由教務處那邊盯住她的言行舉止，校內社團暫時無法參加，只能在班級和圖書館兩個地方走動。

不僅有教務處的老師盯住，男學生們更私底下組成宋靳羽粉絲後援會，女學生則組成反對後援會，有時候兩個後援會還會鬥嘴吵架。

通常她不會去管兩個後援會如何爭吵，這不是她願意組成的呀。

低調的生活是她想要的，而不是受人注目的生活，每次去學校上課，她覺得自己像動物園裡的動物，讓一群人欣賞餵食。

自三個月前代替哥哥開始，低調生活再也回不去了。

「靳、靳羽……」維特托戴著手套，羞怯的來到宋靳羽面前，小聲嚅道：「梳子很髒，我幫妳洗好嗎？」

「咦？不用，其實我……」

剛拒絕，她就看見維特托神色黯然的癟起嘴，像隻難過的小兔子。她馬上改口：「我剛突然想到，忘記把正在煮稀飯的鍋子蓋上，維特托，梳子就交給你清理囉！」

「沒問題，靳羽，我會洗得乾乾淨淨送還給妳！」他眼睛馬上亮起來，那雙隱形的兔耳彷彿重新豎立。

宋靳羽苦笑下樓，一時未察覺階梯的高度，忽然腳下一空，往樓下栽倒。

「呀啊！」

她嚇得尖叫一聲，緊接著，身子一輕，視野內的景色大轉，她被人緊抱在臂彎裡。

看著那雙失神的黑色眼眸，莫里特指尖溫柔的掃過她的眉毛，接著捧住她臉說道：「小羽，這樣不小心我會心痛的唷，妳跌下去的剎那，我的心跳幾乎停止。」

站在樓上的一群人呆望著抱在一起的兩人，也因為宋靳羽沒踩好樓梯差點嚇得靈魂出竅，幸好莫里特反應及快，救了宋靳羽一把。

不過，這種擁抱的姿勢，真讓人越看越不爽。

宋靳羽傻了好久，腦子才組織出話：「好險。」

「公寓沒主人了嗎？一群人擠在這裡做什麼？」

所有人頓時一片安靜，沒有人敢開口吭半聲，因為低氣壓正瀰漫開來。

陸祈曄冷冷的瞪著樓梯間的兩人，窒息般的沉默讓很多人都受不了。

宋靳羽從他懷裡跳下來，沒心眼的湊向陸祈曄：「小曄曄，早安！」見他頭髮上沾了髒東西，她墊起腳尖，幫他抓下來。

看似尋常的舉動讓陸祈曄瞳孔微微一縮，唇角滿意的勾起，握住她的手朝一樓走去。

「曄哥耳朵都紅了，好可愛！」紀多靜說。

「何止耳朵，臉都紅了，我看小羽靠近一點，曄會像關公一樣紅，呵呵——咳，我們去樓下吃早餐囉。」莫里特接收到陸祈曄遞來的警告眼神，馬上閉嘴。

紀多靜小聲的嘻笑：「假如斬羽親曄哥，曄哥會不會血管爆裂而亡？」

「唷，這樣就爆血而亡，兩個人上床該怎麼辦呢～呵呵。」

維特托只覺得鼻子熱熱的，好像有液體快要流出——

「停止啦！特托哥快暈了。」

紀多靜翻了白眼，她不該跟莫里特一搭一唱調侃別人，她沒興趣害自己的青梅竹馬鼻血流滿臉。

「吼唷，趁我不在你們幹了什麼好事?!」

看見宋斬羽被陸祈曄拉下樓，而一群人站在樓梯間小聲說悄悄話，宋斬臨孩子氣般的跺腳。

「阿特抱了斬羽，還在她耳邊吹氣，斬臨，我們管不動阿特。」維特托搶先爆料。

莫里特也不遑多讓，笑道：「大家都搶著討好小羽呢，小托幫小羽殺蟑螂、洗梳子，而我幫小羽搬櫃子，她似乎迷到我結實的肌肉了。」

「斬臨哥，別聽里特哥胡說八道，你妹對他挑逗的舉止感到很困擾。」紀多靜調皮的吐了吐舌頭。

「我不是警告你過不准碰我妹妹嗎?!真欠揍！」

宋斬臨是十足的控妹兄。因為怕妹妹被公寓的一堆男生拐跑，所以他當初沒意願讓妹妹住進公寓，可是現在妹妹被宿舍退宿，為了安全起見，他只能叫妹妹住進來。

做哥哥的只好眼睛放亮，緊緊盯住這幾隻花美男帥狼。

「唉呀，誰叫你三個月前欺騙我們。不過不用擔心呀，我們還是很寵你的～」莫里特輕拍宋斬臨的肩膀，給予柔性的安慰。

「樓上的，吃早餐囉！」

聽見宋靳羽的喊話，一群人快速衝下樓，每天早上的用餐時間幾乎都這樣。幸好整棟公寓都是陸祈曄的，沒被宛如蝗蟲過境般的聲音吵死。

坐在餐桌邊，莫里特、維特托紛紛向宋靳羽示好：

「小羽，飯前吃點沙拉。」

「靳羽，濕紙巾給妳擦手。」

坐在宋靳羽隔壁的宋靳臨用力丟下筷子，嘴裡含著飯菜就抱怨：「喂，你們太過分了，差別待遇！你們以前看我瘦，不是都會一直夾菜給我吃嗎？」

「哥哥不要跟妹妹爭風吃醋啦，那我最大塊的鹹蛋給你！」紀多靜從自己的碗裡夾了塊尚未吃過的鹹蛋。

宋靳臨很感動，「嗚嗚，還是多靜對我最好了！」

「乖，別鬧脾氣，嘴巴有飯粒唷～」對面的莫里特手一伸，指腹揩去黏在嘴角的飯粒。

「靳臨哥幾乎失寵了耶。」紀多靜笑得眼睛都瞇起來。

宋靳臨委屈的癟著嘴兒，看了眼比自己待遇還要好的妹妹，他嘆口氣，夾起妹妹最愛吃的泡菜。

「哥為妳買的。」

「吃這個。」坐在宋靳羽旁邊的陸祈曄很順手的從她手中拿走堆滿菜的碗公，換上他自己，尚未用過、裝滿稀飯的碗，夾菜給宋靳羽。

這招替換碗公的招數讓一夥兒紛紛抱不平。

莫里特：「真卑鄙。」

宋靳臨：「很做作。」

維特托：「太賤了。」

「哈哈哈哈哈！」宋靳羽一口飯噴出來，從沒講過髒話的維特托什麼時候開始學這句話啦。

每天都會發生令人啼笑皆非、哭笑不得的事情，她感覺到前所未有的快樂。

她很喜歡公寓的每個人，在在豐富生活的樂趣。

可以和喜歡的人一起住在同間公寓，雖然不是同一間房，是獨立一間女生房，但她很滿足了。

「宋、靳、羽！」陸祈曄抽著嘴角，用力擱下筷子，抽張衛生紙擦拭乾淨。

那陰沉沉的臉色，宋靳羽立刻警鈴作響，忙使出渾身解數化解他的怒氣。

她用力撲進他懷裡，小臉親暱的蹭了蹭他胸膛，雙手勾住他的脖子，幾乎整個人都掛在他身上了。

「我知錯了！」

「哼……」

陸祈曄冷哼聲，緊繃的面色緩和許多，唇角不自覺露出「拿妳沒辦法」的淺笑。

一抬頭，就見室友們各個用調笑般的眼神看著自己，他耳根子一陣火辣，神色僵住，輕輕推了推身前的女孩。

「大家都在看，別抱了。」

「鬆手。」他低聲說道。

「不生氣我就鬆手。」

「我不生氣。」

「真的？」應該不會轉身又翻臉吧？

他語氣柔和的說：「我這樣像騙妳？」

宋靳羽揚起臉，盯著他臉上無奈的笑容好一會兒，終於鬆手，坐回原位，低頭吃早點。

「那好，吃飯吧。」

陸祈曄定定注視她側臉良久，宋靳羽……妳比妳哥還行啊，真有本事把他的心情搞得像洗三溫暖。

不過，他覺得輕鬆和愉快。

「我會對你很好很好的！」宋靳羽將椅子輕輕挪近陸祈曄的身畔。

陸祈曄淡笑不語，這時，掌心傳來一抹奇怪的觸感，他一愣，低頭一看，發現她握住他的手。

宋靳羽把手抵在唇上，示意他不要出聲。同時，指尖擱在他的手掌心，慢慢的用指尖描繪出表達感情的字樣。

——小曄曄，我超超超喜歡你哦！

【全書　完】

後記

大家好，我是花鈴，很高興能有新書與跟各位見面，不論是舊有的讀者，或是新的讀者，很開心能夠再次推出新作品啦！

首先，我要感謝編輯的辛勞與協助，感謝秀威給我機會嘗試從未嘗試過的題材：校園愛情故事，這部作品自二〇一五年便創作完成，直至二〇一八年出版，前前後後修改不少次，出版的版本更是大翻修過。

大家會發現這部作品的題材是女扮男裝的老梗，可是老梗也有老梗的經典所在，即便是女扮男裝的題材，劇情、人物設定在在全是新意。這部作品走向輕鬆、小白文的風格，對於看花鈴其他作品的小說看得虐心，不妨閱讀這本讓心靈輕鬆一下哦哈哈哈。

在人物設定部分，男主角是為傲嬌冷淡的少年，這應該算是滿常登上我男主角的人物性格，像是梨央的《血姬的保育手冊》男主角洛華、花鈴的《花之姬綺譚》男配角若彌，《飼養外星美男》、《王子殿下住我家》、《戀愛要在放課後》三書出現過的男性角色言荊。不得不說這種性格的人好可愛呀！

其中角色們的對談，傳達了我日常生活的一些想法與煩惱。相信大家都有聽過愛情與麵包的問題，要如何抉擇，至今我仍處於徬徨不安的狀態。不曉得閱讀我作品的是介於哪種年齡層的讀者呢？若為學生的話，相信很多人都會遇到選擇障礙，該選擇有興趣的科系，還是父母要求的科系？出社會的人則是要選輕鬆的工作，還是薪水高的工作？在書中，我所呈現的便是做你（妳）喜歡的事務，希望這本書能帶給你們勇往直前的勇氣與衝勁，不論大家的夢想是什麼，只要初衷不變，相信有一天能實現：）

另外，因為一些因素梨央改名為花鈴，導致滿多讀者至今仍以為是兩個人哈哈，這部分雖然在粉絲團有提過，不過這裡稍微再提一下目前出版作品：梨央《血姬的保育手冊》四冊《飼養外星美男》一冊、《王子殿下住我家》一冊、《戀愛要在放課後》一冊；花鈴《血族育妻條約》、《花之姬綺譚》，再加上這部作品等，謝謝從梨央時期一直支持到現在花鈴的讀者們>w<

最後，希望這次的故事大家喜歡，也謝謝購書的各位，您的支持都是能讓花鈴我繼續寫下去的動力來源。另外，粉絲專頁會不定時舉辦活動，還有豐富的贈品送給大家，歡迎大家來跟我聊天、關注資訊^0^

※粉絲專頁：

✓ 花鈴．HanaLing（新粉絲團，主要經營）

✓ 梨央．Rio（舊粉絲團）

※參考資料：

【世大運看門道】教你看懂　超快速擊劍比賽

https://udn.com/upf/newmedia/2017_data/universide_taipei_2017/fencing.html

要青春34　PG1867

要有光 FIAT LUX　決鬥吧！我的美男室友

作　　者	花　鈴
責任編輯	林昕平
圖文排版	周妤靜
封面設計	蔡瑋筠

出版策劃	要有光
發 行 人	宋政坤
法律顧問	毛國樑　律師
印製發行	秀威資訊科技股份有限公司 114台北市內湖區瑞光路76巷65號1樓 電話：+886-2-2796-3638　傳真：+886-2-2796-1377 http://www.showwe.com.tw
劃撥帳號	19563868　戶名：秀威資訊科技股份有限公司 讀者服務信箱：service@showwe.com.tw
展售門市	國家書店（松江門市） 104台北市中山區松江路209號1樓 電話：+886-2-2518-0207　傳真：+886-2-2518-0778
網路訂購	秀威網路書店：https://store.showwe.tw 國家網路書店：https://www.govbooks.com.tw
總 經 銷	聯合發行股份有限公司 231新北市新店區寶橋路235巷6弄6號4F 電話：+886-2-2917-8022　傳真：+886-2-2915-6275

出版日期	2018年7月　BOD一版
定　　價	260元

國家圖書館出版品預行編目

決鬥吧!我的美男室友 / 花鈴著. -- 一版. -- 臺
北市 : 要有光, 2018.07
面；　公分. -- (要青春 ; 34)
BOD版
ISBN 978-986-96693-0-6(平裝)

857.7　　　　107010569

讀者回函卡

感謝您購買本書，為提升服務品質，請填妥以下資料，將讀者回函卡直接寄回或傳真本公司，收到您的寶貴意見後，我們會收藏記錄及檢討，謝謝！
如您需要了解本公司最新出版書目、購書優惠或企劃活動，歡迎您上網查詢或下載相關資料：http:// www.showwe.com.tw

您購買的書名：________________________________

出生日期：________年________月________日

學歷：□高中（含）以下　□大專　□研究所（含）以上

職業：□製造業　□金融業　□資訊業　□軍警　□傳播業　□自由業
　　　□服務業　□公務員　□教職　□學生　□家管　□其它_____

購書地點：□網路書店　□實體書店　□書展　□郵購　□贈閱　□其他

您從何得知本書的消息？

□網路書店　□實體書店　□網路搜尋　□電子報　□書訊　□雜誌
□傳播媒體　□親友推薦　□網站推薦　□部落格　□其他__________

您對本書的評價：（請填代號　1.非常滿意　2.滿意　3.尚可　4.再改進）

封面設計____　版面編排____　內容____　文／譯筆____　價格____

讀完書後您覺得：

□很有收穫　□有收穫　□收穫不多　□沒收穫

對我們的建議：________________________________

____

____

____

請貼
郵票

11466
台北市內湖區瑞光路 76 巷 65 號 1 樓
秀威資訊科技股份有限公司 收
BOD 數位出版事業部

(請沿線對折寄回，謝謝！)

姓　名：________________　年齡：________　性別：□女　□男

郵遞區號：□□□□□

地　址：____

聯絡電話：(日)____________________(夜)____________________

E-mail：____